COLLECTION FOLIO

RABATÉ

les petits ruisseaux

FUTUROPOLIS

ET UN DE PLUS ! PAR ICI MON MIGNON.

MOI AUSSI ÇA MORD !
AVEC CELUI-LÀ ÇA M'EN FAIT TRENTE-TROIS !
MOITIÉ ABLETTE, MOITIÉ GARDON.
J'EN AI ONZE EN COMPTANT LES CHATS.
J'AI PAS LA MAIN VERTE À LA PÊCHE EN CE MOMENT.
TU ME PASSERAS L'ENFANT !
C'EST BON, C'EST FRAIS, ÇA REQUINQUE, ÇA REMET ET ÇA A UN LÉGER GOÛT DE REVIENS-Y !
MOULINE VIEUX GARS J'AMÈNE L'ÉPUISETTE.

T'AS CASSÉ PARCE QUE T'ÉTAIS MONTÉ TROP COURT !
PENSES-TU, J'AI FERRÉ COMME UN CON OUI !
J'AURAIS DÛ LE LAISSER TRAVAILLER, L'ÉPUISER UN PEU.
TARATATA, FALLAIT DU FIL PLUS GROS C'EST TOUT !
JE T'ÉCOUTERAIS ON MONTERAIT LES LIGNES AVEC DU CÂBLE À BATEAU.
JE PASSE TE PRENDRE DEMAIN ?
HA NON, DEMAIN JE PEUX POINT ...
J'AI DE LA PAPERASSE... CAISSE DE RETRAITE... TOUT LE TINTOUIN.
COMME TU VEUX.
À PLUS VIEUX GARS !
TOPETTE !

C'EST À VOUS MONSIEUR VARENT.
VOYELLE
CONSONNE
VOYELLE
CONSONNE
CONSONNE
VOYELLE
ET POUR FINIR CONSONNE.
C'EST PARTI, VOUS POUVEZ Y ALLER.
SRADNIOTG
CINQ LETTRES.
PAS MIEUX.
GONDS.
HÉ HÉ SEPT LETTRES !
GARDONS !

LE MASQUINONGY EST LE PLUS GRAND DE TOUS LES BROCHETS.
LE RECORD HOMOLOGUÉ DE LA PRISE À LA LIGNE EST DE TRENTE KILOS HUIT CENTS, DANS UN GRAND LAC DE L'OHIO.
LA SEMAINE PROCHAINE L'ÉQUIPE D'HISTOIRES NATURELLES...
NOUS ENTRAÎNERA SUR LES RIVES DU FLEUVE AMOUR, ENTRE LA CHINE ET LA RUSSIE, SUR LES TRACES DE L'ESOX REICHERTI, LE BROCHET RUSSE.
BONNE SOIRÉE.
JE VAIS ÊTRE TOUT EN SOIE ET EN COTON !
COMME UN SOU NEUF, JE VAIS BRILLER COMME UN SOU NEUF !
PROFITE BIEN DU POISSON MON PÉPÈRE, PARCE QUE DEMAIN C'EST DE LA BOÎTE.
DEMAIN, C'EST PAPA QUI VA FAIRE SON MATOU.

IL LUI A TOUT EMBALLÉ DANS DU BEAU PAPIER, Y'A PLUS QU'À PAYER ... À MOINS QU'ELLE LUI PRENNE DE LA BOUCHOT OU DU BIGORNEAU !?
ÇA IRA !
12€
ELLE N'OUBLIE PAS, CINQ MINUTES DANS LE COURT-BOUILLON, LE POISSON, PAS ELLE. ALLEZ BONNE JOURNÉE MADAME TIRO.
C'EST ÇA AU REVOIR.
V'LÀ LE PLUS BEAU APRÈS MOI. COMMENT IL VA ?
ATTENDS, TU VAS VOIR.
CINQUANTE-TROIS CENTIMÈTRES DIX MINUTES DE LUTTE !
BEN, FILS DE GARCE !
IL LUI POSE LA QUESTION, MAIS IL CONNAÎT LA RÉPONSE, IL ÉCHANGERAIT PAS SON SANDRE CONTRE DE SA MARCHANDISE, DE LA LOTTE OU DU BAR, CE QU'IL VEUT ?
TU RIGOLES, J'ÉCHANGE PAS, JE LE GARDE POUR LES ENFANTS QUAND ILS PASSERONT.
T'AS T'Y DES SAINT-JACQUES ?
IL A, JUSTE DEVANT LUI !
JE T'EN PRENDS UNE BONNE DOUZAINE MAIS AVANT TU PERMETS, JE LES MESURE.
ET DE LA BOUCHOT ET DU BIGORNEAU ÇA LUI DIT PAS ?

DU POULET DU POULET DU POULET
...DIEU EXISTE... TIENS...
LA PREUVE, LA COQUILLE D'ESCARGOT !
QUOI LA COQUILLE D'ESCARGOT ?
BEN C'EST QUI QUI L'A INVENTÉE LA COQUILLE D'ESCARGOT ?
C'EST QUOI CES ARGUMENTS À LA MORDS-MOI-LE-JONC ?
SALUT
'LUT
DIS PLUTÔT QUE T'AS RIEN À RÉPONDRE À ÇA !
J'AI VRAIMENT DU TEMPS À PERDRE À DISCUTER AVEC DES CONS MOI.
SALUT !
BONJOUR.
VOUS AVEZ DE CES DISCUSSIONS, MOI J'AI QU'UNE RELIGION : LE COMMERCE, QU'UN DIEU, LA FRANÇAISE DES JEUX !
SALUT.
Y'A PAS DE DANGER QUE CE SOIT UN ANCÊTRE À TOI QUI AIT INVENTÉ LA ROUE !
PAYE-TOI, MOI JE FILE.
ON PEUT PAS DISCUTER ICI !
IL APPELLE ÇA DISCUTER.
QU'EST-CE QU'IL PREND LE VIEUX ?
HA LA VEDETTE. IL SERA PAS EMPORTÉ PAR UNE MÉNINGITE.
UN BLANC SAUVIGNON !
ALORS LE VIEUX, ÇA A T'Y MORDU ?
GARDON ?
ABLETTE ?

CINQUANTE-TROIS CENTIMÈTRES DIX MINUTES DE LUTTE.
MOI QUAND JE VAIS À LA PÊCHE, JE PRENDS L'AIR MAIS C'EST TOUT !
VAUT MIEUX ATTRAPER ÇA QUE LA VÉROLE.
BONJOUR À LA LIMONADE, SALUT LA JEUNESSE ET BONJOUR LE CYCLISME !
OH PUTAIN LA BELLE BÊTE !
CINQUANTE-TROIS CENTIMÈTRES DIX MINUTES DE LUTTE
JE VAIS LE CONGELER ET JE LE FERAI AUX ENFANTS QUAND ILS PASSERONT.
AUX CÂPRES ?
SAUCE AMÉRICAINE ?
SAUCE ARMORICAINE ?
PERDU ! BEURRE BLANC.
TU L'AS PRIS OÙ TON SQUALE ?
'PA T'AS DEUX BALLES POUR UN FLIP...
TU FILES TES COINS À CHAMPIGNON ?!
T'EN ES À COMBIEN DEPUIS LE DÉBUT DE LA SAISON ?
TROIS ET EDMOND DEUX.
EN PARLANT DU LOUP, J'AI APERÇU EDMOND À ANGERS CE MATIN. IL FAIT AUSSI DANS LE GIBIER À POIL IL ÉTAIT AVEC UNE FEMELLE.
PAS MAL, UN RIEN RASSIE, MAIS EDMOND N'A PLUS L'ÂGE DE FAIRE LA SORTIE DES ÉCOLES. IL T'A PAS MIS AU COURANT ?
IL ME DIT PAS TOUT...
IL ME DIT PAS TOUT.
ET LE CYCLISME COMMENT QU'IL VA LE CYCLISME ? IL PÉDALE DANS LA CHOUCROUTE HÉ HÉ...
NON, IL ROULE ! HÉ HÉ...

ALORS TA PAPERASSE À REMPLIR, T'AS RÉUSSI À TOUT FAIRE ?...
MMM...
HIHI FAUX CUL !
JE ME DEMANDAIS BIEN QUAND T'ALLAIS LA CRACHER TA VALDA
L'OEIL EN TROU DE SERRURE ET LA LANGUE PENDUE, IL POUVAIT PAS S'EMPÊCHER DE L'OUVRIR LE BOUCHER.
BEN NON.
BEN OUI VIEUX GARS, JE FAIS LES ANNONCES ET J'ÉTAIS AVEC UNE DAME.
ET C'EST PAS LA PREMIÈRE FOIS.
MERDE !

DEPUIS DIX ANS, DEPUIS MON DIVORCE QUOI, C'EST MA SIXIÈME RENCONTRE QUE J'AI FAITE PAR AGENCE.
HÉ BEN.
ET AVEC LES FEMMES T'AS ... ENFIN TU VOIS BIEN ... TU ME COMPRENDS !
SI J'AI BIQUÉ QUOI ? BEN PAS À TOUS LES COUPS, MAIS C'EST ARRIVÉ.
NON !?
T'AS FAIT DES BRICOLES ?!
ENCORE HEUREUX, C'EST PAS PARCE QU'ON A PASSÉ L'ÂGE DE LA GAUDRIOLE ÉPICÉE QU'IL FAUT FAIRE MAIGRE JUSQU'AU TROU.
TON HISTOIRE ÇA ME LAISSE SUR LE FLANC ÇA ME COUPE LE SIFFLET
J'AI FAIT DES SACRÉES RENCONTRES ET CROISÉ DE SACRÉS NUMÉROS.
T'AURAIS VU LA TROISIÈME RENCONTRE, OH LA LA LA ...
DES FLOTTEURS ÉNORMES ET PUIS DES JAMBES LONGUES COMME UN JOUR SANS PAIN. ELLE AVAIT LE Q I D'UNE LIMANDE ...
ET NE COMPRENAIT PAS LE TIERS DU QUART ...
MAIS ALORS AU PIEU ELLE AVAIT VITE FAIT DE TE METTRE UNE PINE À L'AGONIE !
ELLE NE PENSAIT QU'À LA BAGATELLE, J'AI DÉPOSÉ LE BILAN AVANT D'Y LAISSER LA PEAU. ... TU MANGES À LA MAISON, HEIN ?

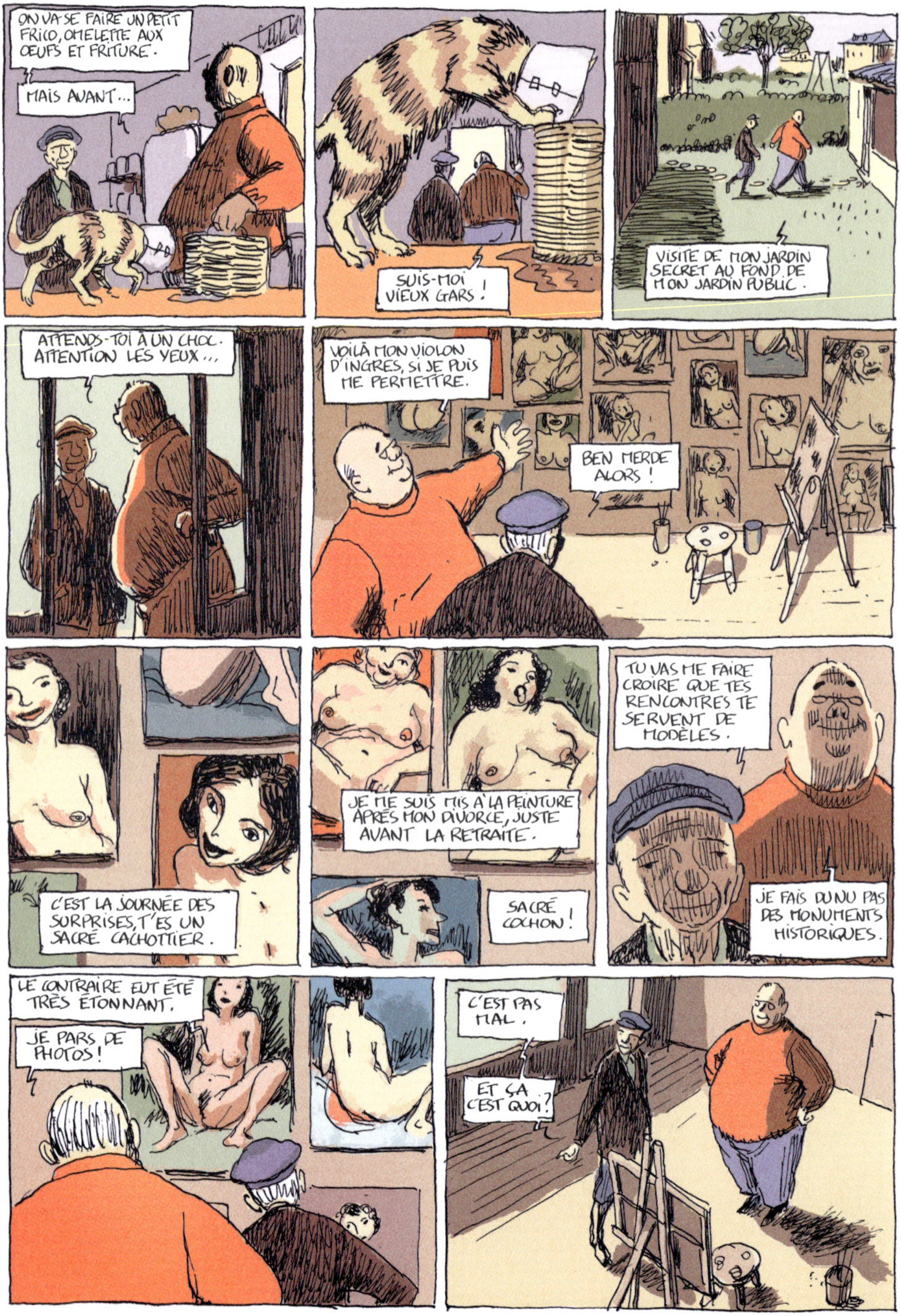
ON VA SE FAIRE UN PETIT FRICO, OMELETTE AUX OEUFS ET FRITURE.
MAIS AVANT...
SUIS-MOI VIEUX GARS !
VISITE DE MON JARDIN SECRET AU FOND DE MON JARDIN PUBLIC.
ATTENDS-TOI À UN CHOC. ATTENTION LES YEUX...
VOILÀ MON VIOLON D'INGRES, SI JE PUIS ME PERMETTRE.
BEN MERDE ALORS !
C'EST LA JOURNÉE DES SURPRISES, T'ES UN SACRÉ CACHOTTIER.
JE ME SUIS MIS À LA PEINTURE APRÈS MON DIVORCE, JUSTE AVANT LA RETRAITE.
SACRÉ COCHON !
TU VAS ME FAIRE CROIRE QUE TES RENCONTRES TE SERVENT DE MODÈLES.
JE FAIS DU NU PAS DES MONUMENTS HISTORIQUES.
LE CONTRAIRE EUT ÉTÉ TRÈS ÉTONNANT.
JE PARS DE PHOTOS !
C'EST PAS MAL.
ET ÇA C'EST QUOI ?

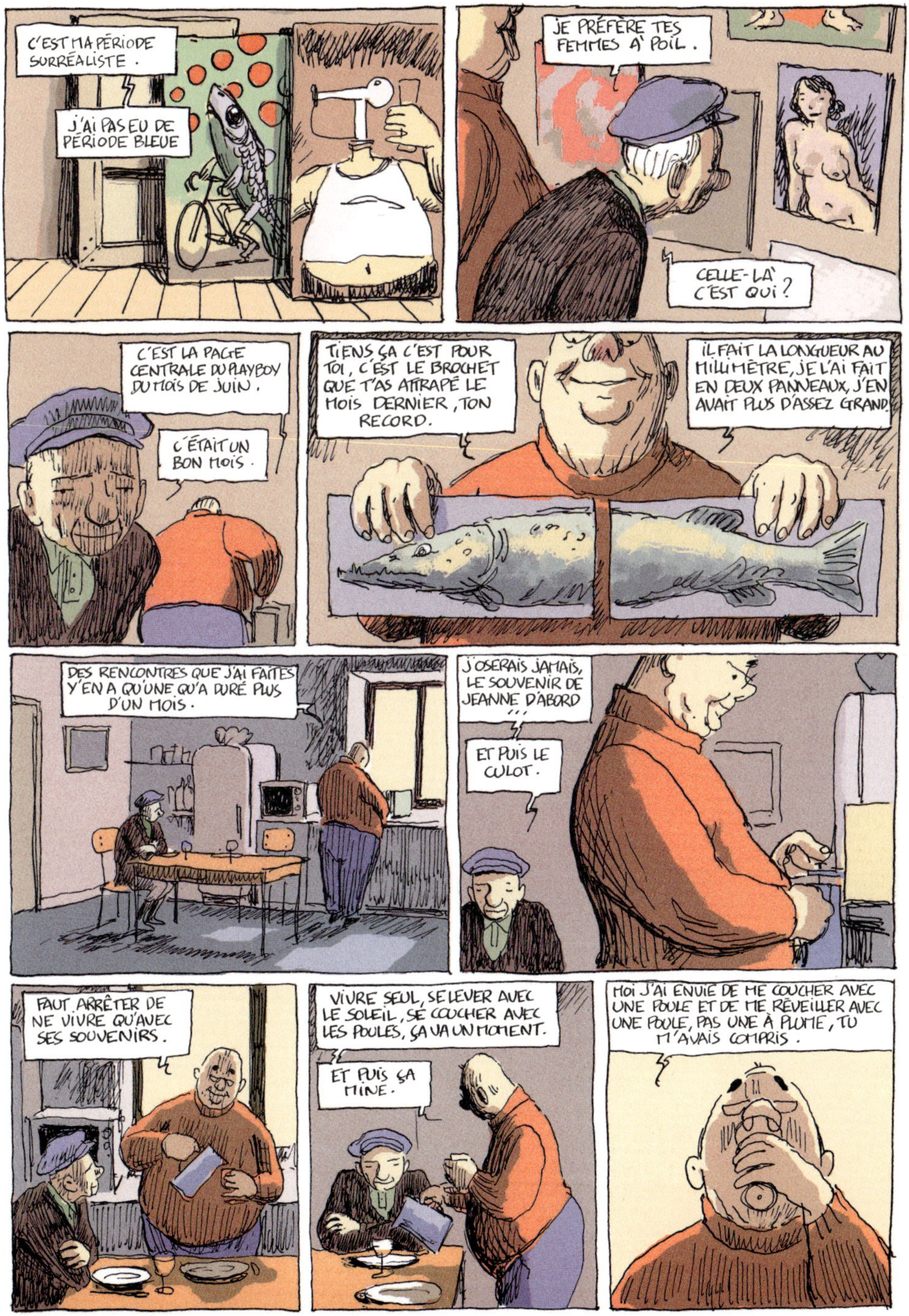
C'EST MA PÉRIODE SURRÉALISTE.
J'AI PAS EU DE PÉRIODE BLEUE
JE PRÉFÈRE TES FEMMES À POIL.
CELLE-LÀ C'EST QUI ?
C'EST LA PAGE CENTRALE DU PLAYBOY DU MOIS DE JUIN.
C'ÉTAIT UN BON MOIS.
TIENS ÇA C'EST POUR TOI, C'EST LE BROCHET QUE T'AS ATTRAPÉ LE MOIS DERNIER, TON RECORD.
IL FAIT LA LONGUEUR AU MILLIMÈTRE, JE L'AI FAIT EN DEUX PANNEAUX, J'EN AVAIT PLUS D'ASSEZ GRAND.
DES RENCONTRES QUE J'AI FAITES Y'EN A QU'UNE QU'A DURÉ PLUS D'UN MOIS.
J'OSERAIS JAMAIS, LE SOUVENIR DE JEANNE D'ABORD...
ET PUIS LE CULOT.
FAUT ARRÊTER DE NE VIVRE QU'AVEC SES SOUVENIRS.
VIVRE SEUL, SE LEVER AVEC LE SOLEIL, SE COUCHER AVEC LES POULES, ÇA VA UN MOMENT.
ET PUIS ÇA MINE.
MOI J'AI ENVIE DE ME COUCHER AVEC UNE POULE ET DE ME RÉVEILLER AVEC UNE POULE, PAS UNE À PLUME, TU M'AVAIS COMPRIS.

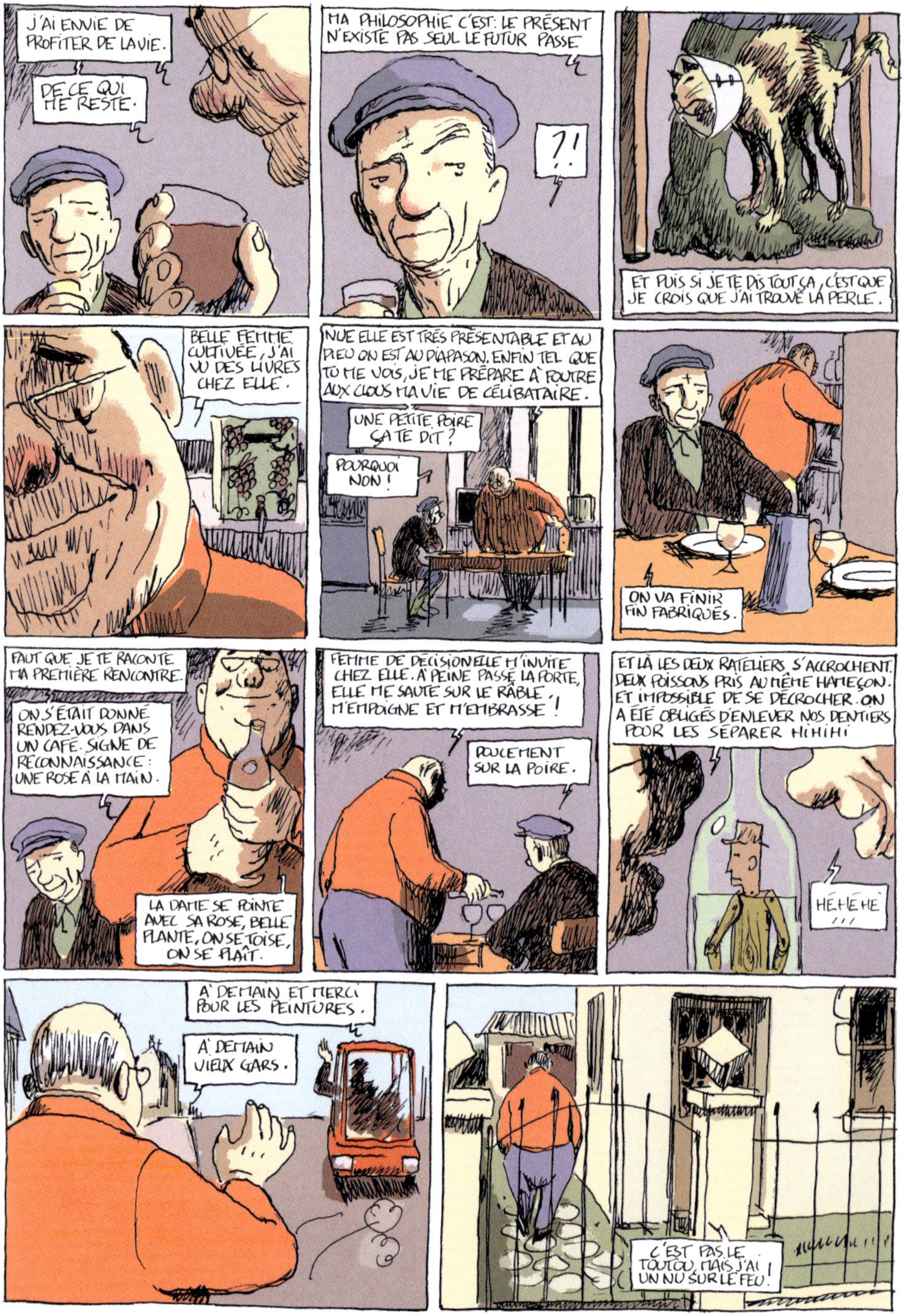
J'AI ENVIE DE PROFITER DE LA VIE.
DE CE QUI ME RESTE.
MA PHILOSOPHIE C'EST: LE PRÉSENT N'EXISTE PAS SEUL LE FUTUR PASSE
?!
ET PUIS SI JE TE DIS TOUT ÇA, C'EST QUE JE CROIS QUE J'AI TROUVÉ LA PERLE.
BELLE FEMME, CULTIVÉE, J'AI VU DES LIVRES CHEZ ELLE.
NUE ELLE EST TRÈS PRÉSENTABLE ET AU PIEU ON EST AU DIAPASON. ENFIN TEL QUE TU ME VOIS, JE ME PRÉPARE À FOUTRE AUX CLOUS MA VIE DE CÉLIBATAIRE.
UNE PETITE POIRE ÇA TE DIT?
POURQUOI NON!
ON VA FINIR FIN FABRIQUÉS.
FAUT QUE JE TE RACONTE MA PREMIÈRE RENCONTRE.
ON S'ÉTAIT DONNÉ RENDEZ-VOUS DANS UN CAFÉ. SIGNE DE RECONNAISSANCE: UNE ROSE À LA MAIN.
LA DAME SE POINTE AVEC SA ROSE, BELLE PLANTE, ON SE TOISE, ON SE PLAÎT.
FEMME DE DÉCISION ELLE M'INVITE CHEZ ELLE. À PEINE PASSÉ LA PORTE, ELLE ME SAUTE SUR LE RÂBLE, M'EMPOIGNE ET M'EMBRASSE!
DOUCEMENT SUR LA POIRE.
ET LÀ LES DEUX RATELIERS S'ACCROCHENT. DEUX POISSONS PRIS AU MÊME HAMEÇON. ET IMPOSSIBLE DE SE DÉCROCHER. ON A ÉTÉ OBLIGÉS D'ENLEVER NOS DENTIERS POUR LES SÉPARER HIHIHI
HÉHÉHÉ
À DEMAIN ET MERCI POUR LES PEINTURES.
À DEMAIN VIEUX GARS.
C'EST PAS LE TOUTOU, MAIS J'AI UN NU SUR LE FEU!

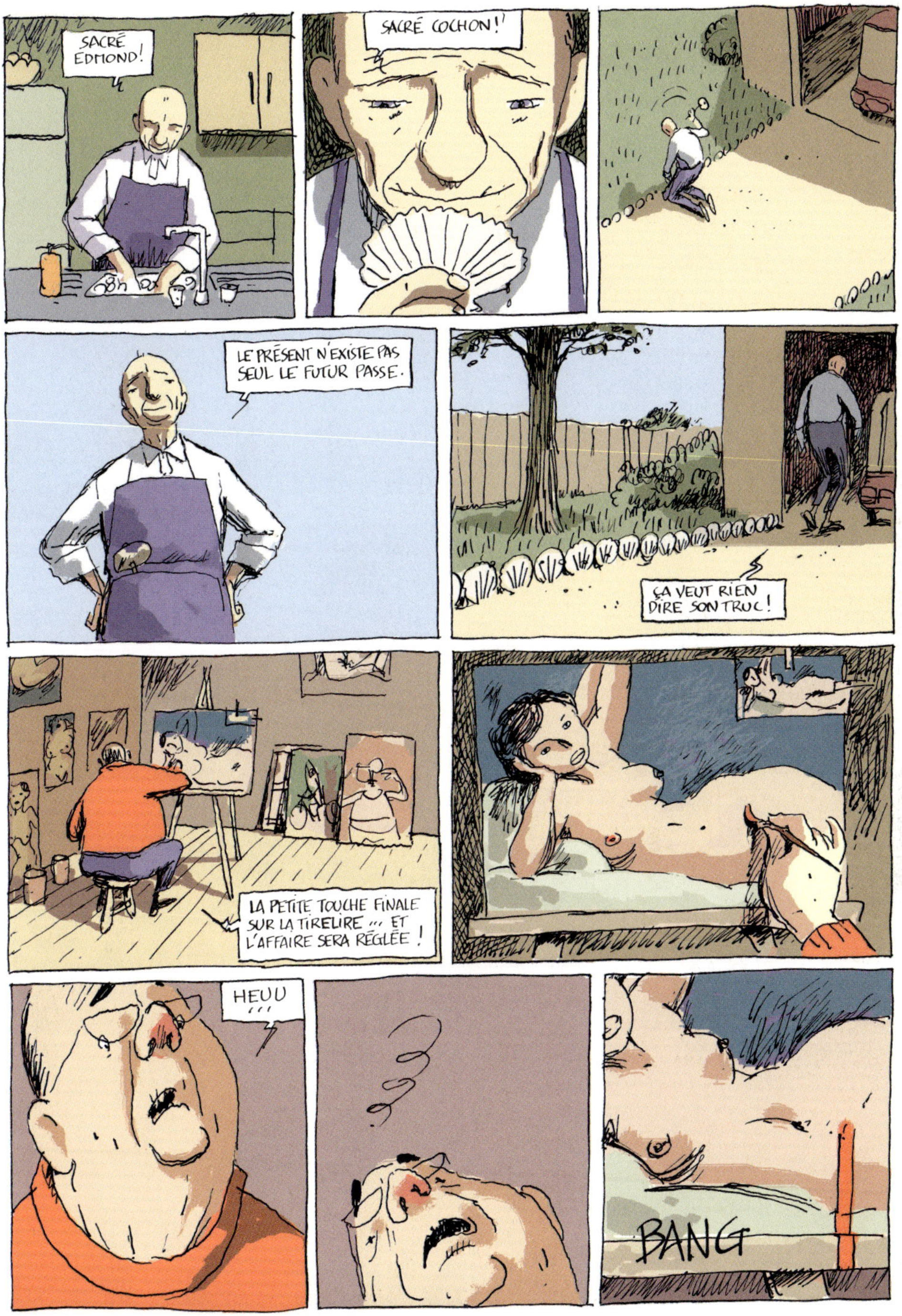
SACRÉ EDMOND !
SACRÉ COCHON !
LE PRÉSENT N'EXISTE PAS SEUL LE FUTUR PASSE.
ÇA VEUT RIEN DIRE SON TRUC !
LA PETITE TOUCHE FINALE SUR LA TIRELIRE ... ET L'AFFAIRE SERA RÉGLÉE !
HEUU ...
BANG

BOUCHERIE GALBERT
DE LA PART DE L'AMICALE DES ANCIENS D'ALGÉRIE CONDOLÉANCES.
JE PERDS UN BON CLIENT, MES CONDOLÉANCES !
ON FAISAIT NÔTRE TIERCÉ ENSEMBLE... MES CONDOLÉANCES
ON PARLAIT SOUVENT DU TOUR DE FRANCE MES CONDOLÉANCES.
J'ÉTAIS UN AMI À VOTRE PÈRE, MES CONDOLÉANCES
ON NE DIT PAS "UN AMI À" MAIS "UN AMI DE"
ON VA BOIRE UN COUP AU PENALTY VIENS-TU ?
NON JE FILE SUR BEAUFORT ...
...
L'ENTERREMENT D'UN ANCIEN D'INDOCHINE ...
Y'A DES SEMAINES JE TE JURE !
À PLUS.

SALE SIÈCLE!
FAUT ÊTRE SOLIDE!
TU L'AS DIT!
LE PENALTY.
QUELLE TRISTESSE!
C'EST LES MEILLEURS QUI PARTENT LES PREMIERS.
POUSSIÈRE REDEVIENDRA POUSSIÈRE.
La lune est un astre
La belle mère un désastre.
CE QU'IL RESTE D'UN CLIENT QUI N'A PAS PAYÉ
LA MAISON NE FAIT PAS D'ARDOISE ELLE A PEUR DES TUILES
ON EST PAS GRAND-CHOSE.
NUL N'EST ÉTERNEL.
COMME DIRAIT LAO TSEU, TOUTE ROSE UN JOUR RETOURNE À SA RACINE.
C'EST NOTRE LOT À TOUS.
BLANC SAUVIGNON.
SNIF
SNIF
T'AS EU LA MAIN PLUTÔT LOURDE SUR L'EAU DE COLOGNE, TU COCOTES SÉRIEUSEMENT
FAUT CE QU'IL FAUT, C'EST ÇA OU L'ODEUR DU POULET!
JE ME DEMANDE SI J'AURAIS PAS PRÉFÉRÉ ENTRE NOUS.
TU PARLES DE CE QUE TU CONNAIS PAS!
L'ODEUR DU POULET C'EST ABOMINABLE!
LE COCHON, ÇA DOIT ÊTRE PIRE.
C'EST LÀ QUE TU TE TROMPES LE POULET C'EST PIRE!
QUAND MÊME LE COCHON.
JE CONNAIS, J'AI TRAVAILLÉ DANS LES DEUX!
BOUDIN

L'ODEUR DU POULET, MAIS ÇA IMPRÈGNE TOUT, LES FRINGUES LA PEAU, LES CHEVEUX... TOUT !
AVEC LES MANIPULATIONS GÉNÉTIQUES ÇA SERA L'HYBRIDE DE POULET ET DE PORC QUI SENTIRA LE PLUS FORT !
ON EST PAS GRAND-CHOSE.
C'EST POURTANT VRAI !
M'OUAIS...
SERGE SARDU CHANTE MICHEL SARDOU LE 16.6
FÊTE DU BOUDIN
ET D'UNE. ALLEZ C'EST LA TOURNÉE DU PATRON.
RENO M'A DIT QUE LES ENFANTS AVAIENT MARCHANDÉ LE CERCUEIL.
NON ?!
SI JE TE LE DIS. IL FAISAIT DES CERCUEILS EN CARTON À DEUX BALLES LE FILS ÉTAIT PRENEUR !
À PROPOS DE RENO, IL VOUS A RACONTÉ LES PROBLÈMES QU'IL A EU PENDANT LA CANICULE ?
BLANC DE BRISSAC.
À CAUSE DES GAZ DE DÉCOMPOSITION LES CERCUEILS EXPLOSAIENT.
IL S'EST FAIT AVOIR UNE OU DEUX FOIS, DU COUP POUR PRÉVENIR QUAND LES CORPS GONFLAIENT IL FAISAIT DES BOUTONNIÈRES.

DES BOUTONNIÈRES?
BEN OUI QUOI, UN PETIT COUP DE CANIF DANS L'ESTOMAC ET HOP, LE GAZ SE BARRE.
C'EST DU PROPRE.
LE MEC QUI A MANGÉ DES FAYOTS AVANT DE MOURIR EST-CE QU'IL FAIT PLUS DE GAZ DE DÉCOMPOSITION?
TU METTRAS UNE TOURNÉE SUR MON COMPTE, JE FILE.
BONJOUR.
BONJOUR.
ÉMILE GARREAU, J'ÉTAIS UN AMI D'EDMOND, JE VOUS AI APERÇU AUX OBSÈQUES.
LUCIE GAILLET.
VOUS ÉTIEZ DE LA FAMILLE?
J'ÉTAIS UNE AMIE ... ON NE SE CONNAISSAIT QUE DEPUIS QUELQUES SEMAINES ...
EN FAIT ON NE S'ÉTAIT VU QUE SEPT FOIS.
IL SEMBLAIT GENTIL?!
IL L'ÉTAIT ...
SI VOUS VOULEZ JE PEUX VOUS RACCOMPAGNER CHEZ VOUS EN VOITURE ... ENFIN SI C'EST PAS TROP LOIN.
JE VEUX BIEN.

VOUS ÊTES BIEN SITUÉE VOUS AVEZ UNE BELLE VUE
OUI ET PUIS L'HÔPITAL N'EST QU'À CENT MÈTRES
ICI VOUS N'ÊTES PAS ISOLÉE.
AU CONTRAIRE, JE SUIS BIEN ISOLÉE, C'EST DU DOUBLE VITRAGE.
LE THÉ EST PRÊT, ASSEYEZ-VOUS JE VOUS PRIE.
SUCRE ? SACCHARINE ? SUCRETTE ?
SUCRE.
VOUS CONNAISSIEZ BIEN EDMOND BELLO ?
JE CROIS, ON ALLAIT À LA PÊCHE ENSEMBLE !
EN FAIT, C'EST MOI QUI L'AI TROUVÉ JEUDI DERNIER, JE VENAIS LE CHERCHER POUR ALLER À LA PÊCHE.
SON CORPS ÉTAIT ALLONGÉ SUR LE SOL AU PIED D'UNE DE SES PEINTURES.
IL PEIGNAIT, IL NE M'EN AVAIT PAS PARLÉ IL PEIGNAIT QUOI ?
... IL PEIGNAIT DES SCÈNES DE GENRE...
C'ÉTAIT ASSEZ HABILLÉ...
SON VISAGE ÉTAIT REPOSÉ, IL N'A PAS DÛ SOUFFRIR.

VOUS VIVEZ SEUL ?
OUI... JE SUIS VEUF.
JE SUIS VEUVE AUSSI
JE DOIS AVOIR DES GÂTEAUX SECS, ÇA VOUS DIT ?
OUI ... VOLONTIERS.
C'EST BIEN CE QUE JE PENSAIS, J'AVAIS BIEN UN PAQUET DE GAUFRETTES LIGTH EN RÉSERVE.
EXCUSEZ-MOI ... JE DOIS Y ALLER ... UN RENDEZ-VOUS. JE L'AVAIS OUBLIÉ.
DOMMAGE ...
DOMMAGE POUR LES GÂTEAUX.
À UNE AUTRE FOIS PEUT-ÊTRE.
PEUT-ÊTRE ...

LE MEILLEUR AMI DE L'HOMME C'EST PAS LE CHEVAL...
C'EST LE VÉLO !
S'IL Y A UN CONTRÔLE ANTIDOPAGE SUR LA ROUTE VOUS ÊTES BONS COMME LA ROMAINE.
PRRT RIEN À BATTRE !
JE LUI PISSE À LA RAIE À LA MARÉCHAUSSÉE !
OH LALALALA...
ON DEVRAIT LEUR METTRE DES ROULETTES AUX ROUES ARRIÈRE.
VA FALLOIR AIDER !
ALLEZ PÉDALE T'AURAS LE MAILLOT JAUNE PASTIS.
ALLEZ DU NERF MON GARS !
LE TOUR DE FRANCE C'EST QUAND VOUS VOUDREZ !
ROULE MA POULE
QU'ILS RETROUVENT LEUR BARAQUE, ÇA SERA BIEN
OH PUTAIN, VINGT HEURES DU SOIR, JE VAIS ME FAIRE APPELER RAMONA MOI.
OUH... ON FAIT VOITURE BALAI, OU ON LES LAISSE SE DÉMERDER ?...
... ON LES LAISSE SE DÉMERDER...
DOPAGE MON CUL !
QUE DU NATUREL !
À DROITE TOUTE !

?!
ILS EN TIENNENT UNE BELLE TIENS !
UN JOUR D'ENTERREMENT, ILS N'ONT PEUR DE RIEN !
MON PAUVRE EDMOND !
MAIS ÇA CRAME CHEZ LUI NOM DE DIEU !
VIEUX COCHON !

DÉGUEULASSE!
HA IL EST BEAU L'HÉRITAGE!
PATRICK VIENS VOIR, LE MARBRE DE LA CHEMINÉE SONNE CREUX!
ÇA SERAIT BIEN LE DIABLE.
IL EST SCELLÉ AU PLÂTRE.
ON VA L'AVOIR AU PIED-DE-BICHE!

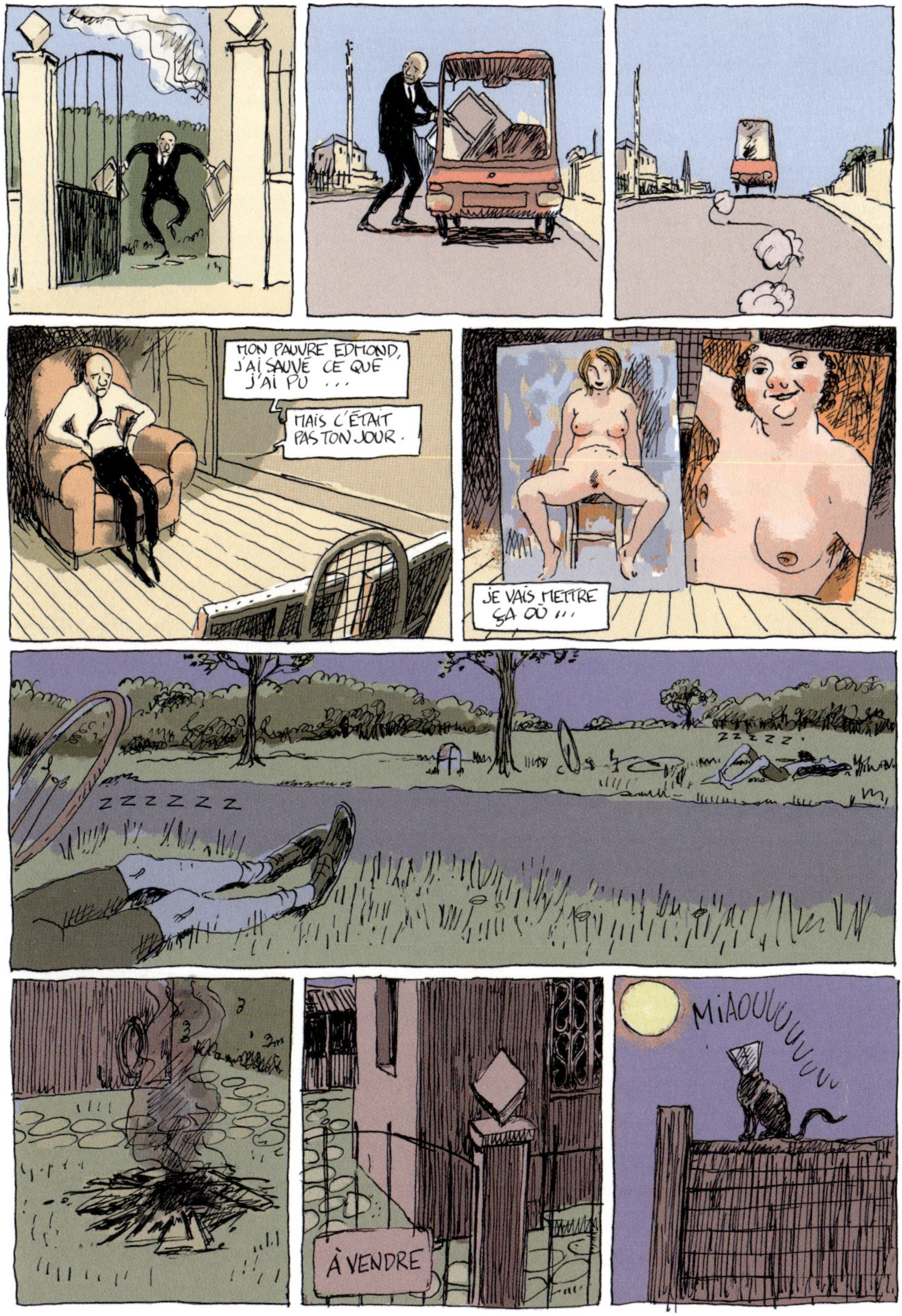
MON PAUVRE EDMOND, J'AI SAUVÉ CE QUE J'AI PU ...
MAIS C'ÉTAIT PAS TON JOUR.
JE VAIS METTRE ÇA OÙ ...
ZZZZZ
ZZZZZZ
À VENDRE
MIAOUUUUUUUU

T'ES LÂCHÉ DANS UN HANGAR POUR ATTRAPER DES POULETS POUR LES FOUTRE EN CAGETTE ...
TU COMMENCES À PAS D'HEURE ET TU FINIS À PAS D'HEURE, BEN POUR UN BOULOT DE CON ...
C'EST UN BOULOT DE CON ...
JE TROUVE QUE J'AI PASSÉ L'ÂGE.
MAIS L'INTÉRIM ME PROPOSE QUE CE GENRE DE MERDE.
MISE À NIVEAU.
JE PASSE DU COQ-À-L'ÂNE MAIS LE CHAT D'EDMOND, SON FILS L'A RÉCUPÉRÉ ?
TU VEUX RIRE "

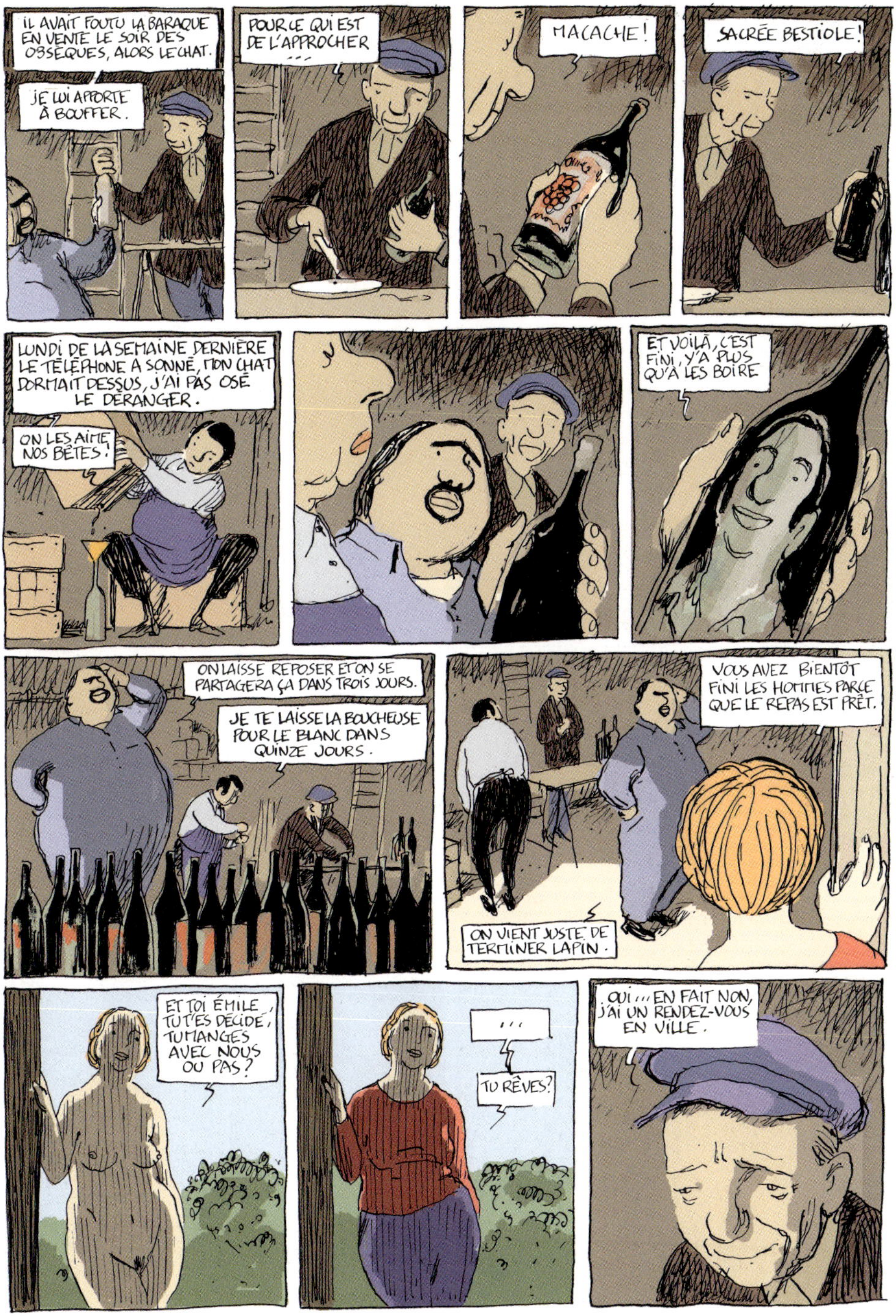
IL AVAIT FOUTU LA BARAQUE EN VENTE LE SOIR DES OBSÈQUES, ALORS LE CHAT.
JE LUI APPORTE À BOUFFER.
POUR CE QUI EST DE L'APPROCHER ...
MACACHE !
SACRÉE BESTIOLE !
LUNDI DE LA SEMAINE DERNIÈRE LE TÉLÉPHONE A SONNÉ, MON CHAT DORMAIT DESSUS, J'AI PAS OSÉ LE DÉRANGER.
ON LES AIME NOS BÊTES !
ET VOILÀ, C'EST FINI, Y'A PLUS QU'À LES BOIRE
ON LAISSE REPOSER ET ON SE PARTAGERA ÇA DANS TROIS JOURS.
JE TE LAISSE LA BOUCHEUSE POUR LE BLANC DANS QUINZE JOURS.
VOUS AVEZ BIENTÔT FINI LES HOMMES PARCE QUE LE REPAS EST PRÊT.
ON VIENT JUSTE DE TERMINER LAPIN.
ET TOI ÉMILE, TU T'ES DÉCIDÉ, TU MANGES AVEC NOUS OU PAS ?
...
TU RÊVES ?
OUI... EN FAIT NON, J'AI UN RENDEZ-VOUS EN VILLE.

TREIZE SEPT.
SOUFFLEZ !
OUUU ...
C'EST BON, VOUS POUVEZ VOUS RHABILLER.
TOUT VA TRÈS BIEN, MAIS JE VOIS QU'ON S'ÉTAIT VUS IL N'Y A PAS LONGTEMPS...
DES SOUCIS, DES INQUIÉTUDES ? ...
...

OH TIENS ! BONJOUR
OH BONJOUR. VOUS AVIEZ À FAIRE EN VILLE ?
OUI ... COMMENT ÇA VA ?
ON FAIT ALLER... IL FAUT BIEN !
OUI...
VOILÀ.
...
JE VAIS À LA PISCINE DU QUARTIER, VOUS ME FAITES UN BRIN DE CONDUITE ?!
BIEN VOLONTIERS !

J'Y VAIS TOUTES LES SEMAINES, ÇA ENTRETIENT !
JE PENSE QU'IL NE FAUT PAS SE LAISSER ALLER
J'AI TOUJOURS FAIT DU SPORT ET VOUS ?
OUI ... BEAUCOUP MOINS MAINTENANT !
ET PUIS ÇA AIDE À SUPPORTER LES CRUAUTÉS DE LA VIE.
MES AMIES SONT DÉJÀ LÀ.
DES AMIES ... UN AMI
SALUT !
BONJOUR
MESDAMES !
... BON ON Y VA LES FILLES !
AU REVOIR.
BONNE JOURNÉE.
À VOUS AUSSI.
À BIENTÔT ... JE COMPTE SUR VOUS.

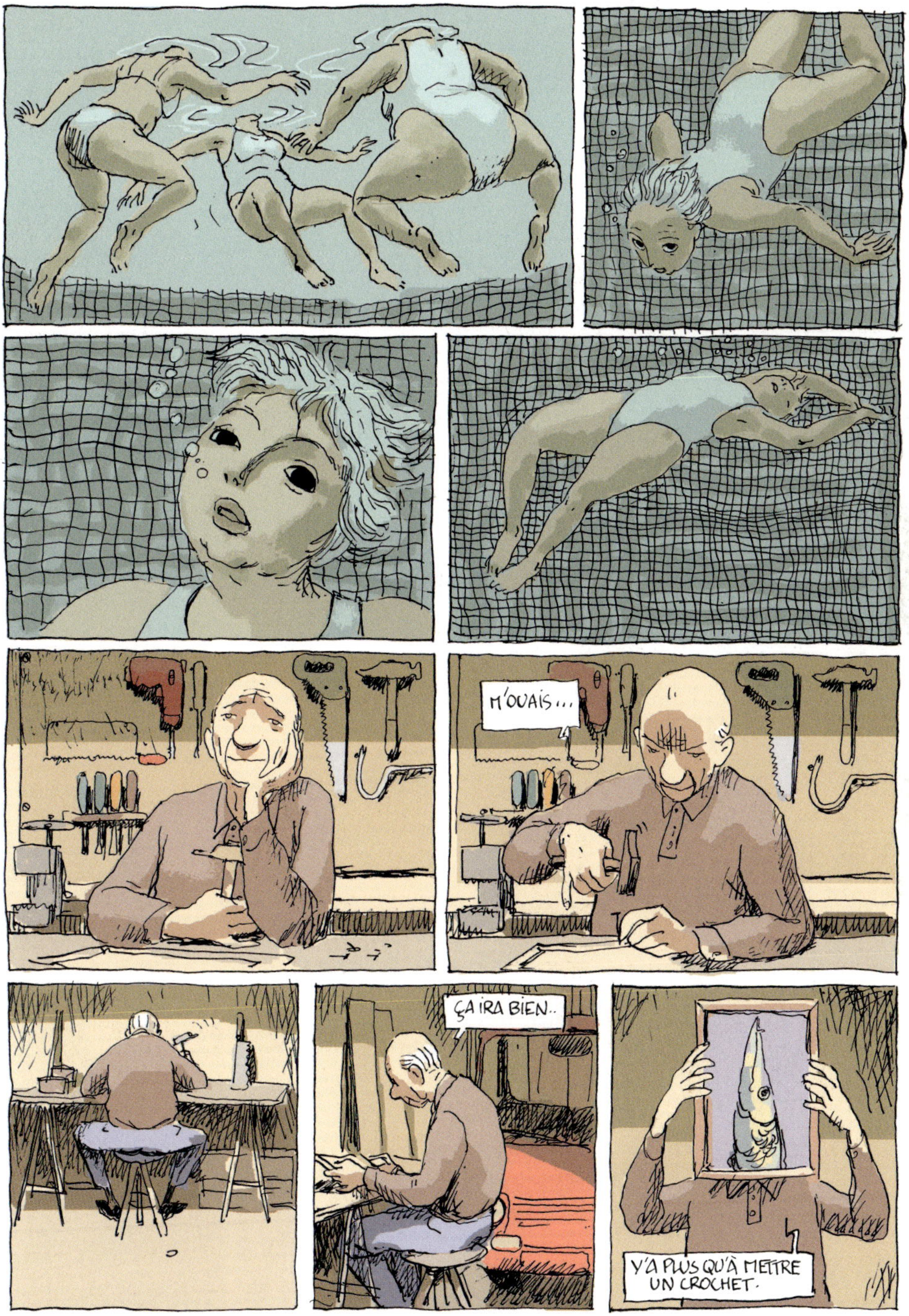
M'OUAIS...
ÇA IRA BIEN..
Y'A PLUS QU'À METTRE UN CROCHET.

C'EST PARTI MESSIEURS!
VOIRMLTEU
SEPT LETTRES.
PAS MIEUX.
PAS MIEUX.
VOILURE.
MINCE!
ablette
bite
cul
Mort
ENTRE LES RETOURS D'ENVIES ET LES IDÉES NOIRES, TON MARI VA PAS FORT...
PAS FORT
MA PAUVRE JEANNE...
JE FILE UN DRÔLE DE COTON.
ALLEZ BONNE NUIT.

MONSIEUR GARREAU BONJOUR !
BONJOUR.
VOUS VENEZ VOIR LA MAISON DE CE PAUVRE MONSIEUR BELLO ?
NON, J'ESSAIE DE RÉCUPÉRER SON CHAT.
IL EST BIEN PLUS HEUREUX LÀ OÙ IL EST, VOUS SAVEZ.
LE CHAT ?
NON MONSIEUR BELLO VOYONS.
VOUS SAVEZ, J'EN SUIS À L'ENVIER CAR AVOIR SA VIE RÉGLÉE PAR LES PILULES BLEUES ROUGES ...
J'EN PASSE ET DES MEILLEURES. UNE À CAUSE DE LA PHLÉBITE, DEUX DE LA TENSION, TROIS DES POLYPES ET LÀ JE TAIS CERTAINS MAUX... J'AI MA DIGNITÉ DE FEMME ...
BEN J'APPELLE PLUS ÇA UNE VIE. ENFIN C'EST COMME ÇA ET Y'A PAS DE PIÈCE À Y METTRE !
SUR CE BONNE JOURNÉE.
?!
QUELLE HORREUR !
REVENONS PLUTÔT AU CHAT !
ET MERDE JE L'AI RATÉ.

...
ALLEZ UN PEU DE COURAGE !

ET QU'EST-CE QUE JE VAIS LUI DIRE ...
LA VOILÀ ...
J'Y VAIS ...
J'Y VAIS PAS ...
J'Y VAIS ...
J'Y VAIS PAS !
?!
BEN VOILÀ ... QUI VA À LA CHASSE PERD SON COIN DE PÊCHE !

À TABLE ON TIENT À CINQ, LES BANQUETTES RABATTUES ÇA FAIT UN LIT DOUBLE. C'EST SPACIEUX MINE DE RIEN.
ET IL Y A MÊME DES TOILETTES CHIMIQUES.
C'EST VRAIMENT LE PETIT COIN.
J'AURAIS PU EN ACHETER UNE D'OCCASION...
MAIS LÀ J'AI CINQ ANS DE GARANTIE PIÈCES ET MAIN-D'OEUVRE ET LA PARABOLE OFFERTE.
ELLE EST BELLE HEIN?
C'EST UNE CARAVANE QUOI!
LA VISITE EST FINIE, ON PEUT LA FAIRE, CETTE PROMENADE?
VOUS DEUX, JE NE VEUX PAS VOUS VOIR SUR LA ROUTE.
ON S'EN DOUTAIT!

LA MORT D'EDMOND ÇA A ÉTÉ UN COUP DUR...
C'EST LA VIE !
T'AS PAS ENVIE D'ALLER PRENDRE L'AIR, DE BOUGER UN PEU ?...
TA CARAVANE, ELLE T'A COÛTÉ CHER ?...
ASSEZ.
JE TE L'OFFRE.
ÇA VA PAS PAPA JE NE PEUX PAS ACCEPTER !
MAIS SI... PRENDS ÇA COMME UNE AVANCE SUR TON HÉRITAGE
C'EST MALIN !
C'EST PAS MALIN C'EST LA VIE !
ILS ONT MÉCHAMMENT MONTÉ EN GRAINE LES JUMEAUX...
ÇA NOUS POUSSE !
FRANCK VOUS A PARLÉ DE CE QU'ON VOULAIT FAIRE, OU PLUTÔT DE CE QU'ON ALLAIT FAIRE ?
JE N'AI PAS EU L'TEMPS.
EH BIEN ON VOUS EMMÈNE AVEC NOUS EN VACANCES.
C'EST GENTIL MA PETITE FILLE, MAIS JE PRÉFÈRE QUE VOUS VOUS EMBARRASSIEZ PAS D'UN VIEUX MACHIN COMME MOI !
ÇA N'EST PAS UNE PROPOSITION ÉMILE C'EST UN ORDRE !
J'PEUX PAS... MES AFFAIRES NE SONT PAS PRÊPARÉES ...

IL Y'EN A POUR DIX MINUTES ET JE VOUS AIDERAI.
... IL Y'A MON POTAGER !
OUI BEN LE POTAGER ATTENDRA BIEN QUINZE JOURS !
VOUS ÊTES TOUS PAREILS LES VIEUX SI ON NE VOUS FORCE PAS LA MAIN, VOUS NE FAITES RIEN !
MAIS...
ON VOUS EMBARQUE ET PUIS C'EST TOUT !
JE PEUX PAS PARTIR J'AI QUELQU'UN !
QU'EST-CE QUE TU VEUX DIRE PAR LÀ ?
... BEN QUE J'AI RENCONTRÉ UNE FEMME... QU'ON S'ENTEND BIEN ET QUE JE PEUX PAS PARTIR
MAIS C'EST FORMIDABLE !
JE VOUS EMBRASSE TIENS !
JE SUIS CONTENT !
MAIS POURQUOI TU L'AS PAS DIT PLUS TÔT ?

SOYEZ SAGES VOUS DEUX... ENFIN PAS TROP QUAND MÊME.
ON FERA CE QU'ON POURRA PÉPÉ.
VOUS NE COUPEREZ PAS À NOUS PRÉSENTER L'HEUREUSE ÉLUE LA PROCHAINE FOIS !
ÇA NE DÉPEND PAS QUE DE MOI... JE LUI EN PARLERAI.
FAITES ATTENTION SUR LA ROUTE.
PRENEZ SOIN DE VOUS, ON REPASSERA À LA FIN JUILLET.
QUEL CON, MAIS QU'EST-CE QUE J'AI INVENTÉ LÀ !
VA FALLOIR QUE J'AILLE AU FRONT...
JE PEUX PLUS RECULER.
HI HI MAIS QUEL CON...
J'Y VAIS DEMAIN TIENS !
AÏE !
HI HI QUEL CON

JE DOIS SENTIR LA NAPHTALINE, ÇA FAIT BIEN SEPT ANS QUE JE N'AI PAS MIS CE COSTUME ...
PEUT-ÊTRE BIEN HUIT ANS ...
ALLEZ AU CHARBON !
VRR ...
TIENS...
L'ÉMILE EN DES DIMANCHES ... ENTERREMENT, OU MARIAGE ?
VRRRR
UN ENTERREMENT ON SERAIT AU JUS.

POUUU ....
OUI C'EST POURQUOI?
BONJOUR C'EST ÉMILE GARREAU.
...
L'AMI D'EDMOND.
AH! MAIS MONTEZ JE VOUS OUVRE. DEUXIÈME ÉTAGE, VOUS VOUS RAPPELEZ!
IL NE FALLAIT PAS... J'ADORE LES FLEURS.
JE NE VOULAIS PAS ARRIVER LES MAINS VIDES.
MAIS JE VOUS FAIS ATTENDRE, ENTREZ!
MERCI.
JE VAIS LES METTRE DANS L'EAU ET FAIRE UN THÉ.
L'EAU EST À CHAUFFER, J'AI QUELQUE CHOSE À VOIR ET JE SUIS À VOUS.
J'EN AI POUR DEUX MINUTES
MAIS ASSEYEZ-VOUS.

L'EAU DOIT ÊTRE CHAUDE.
J'EN AI POUR DEUX SECONDES.
VOILÀ, LE THÉ EST PRÊT.
SI JE ME RAPPELLE BIEN VOUS PRENEZ UN SUCRE ?
OUI C'EST ÇA.
CELA ME FAIT TRÈS PLAISIR QUE VOUS SOYEZ PASSÉ ME VOIR.
J'AVAIS À FAIRE EN VILLE ...
DU COUP JE ME SUIS DIT QUE J'ALLAIS PASSER PRENDRE DE VOS NOUVELLES.

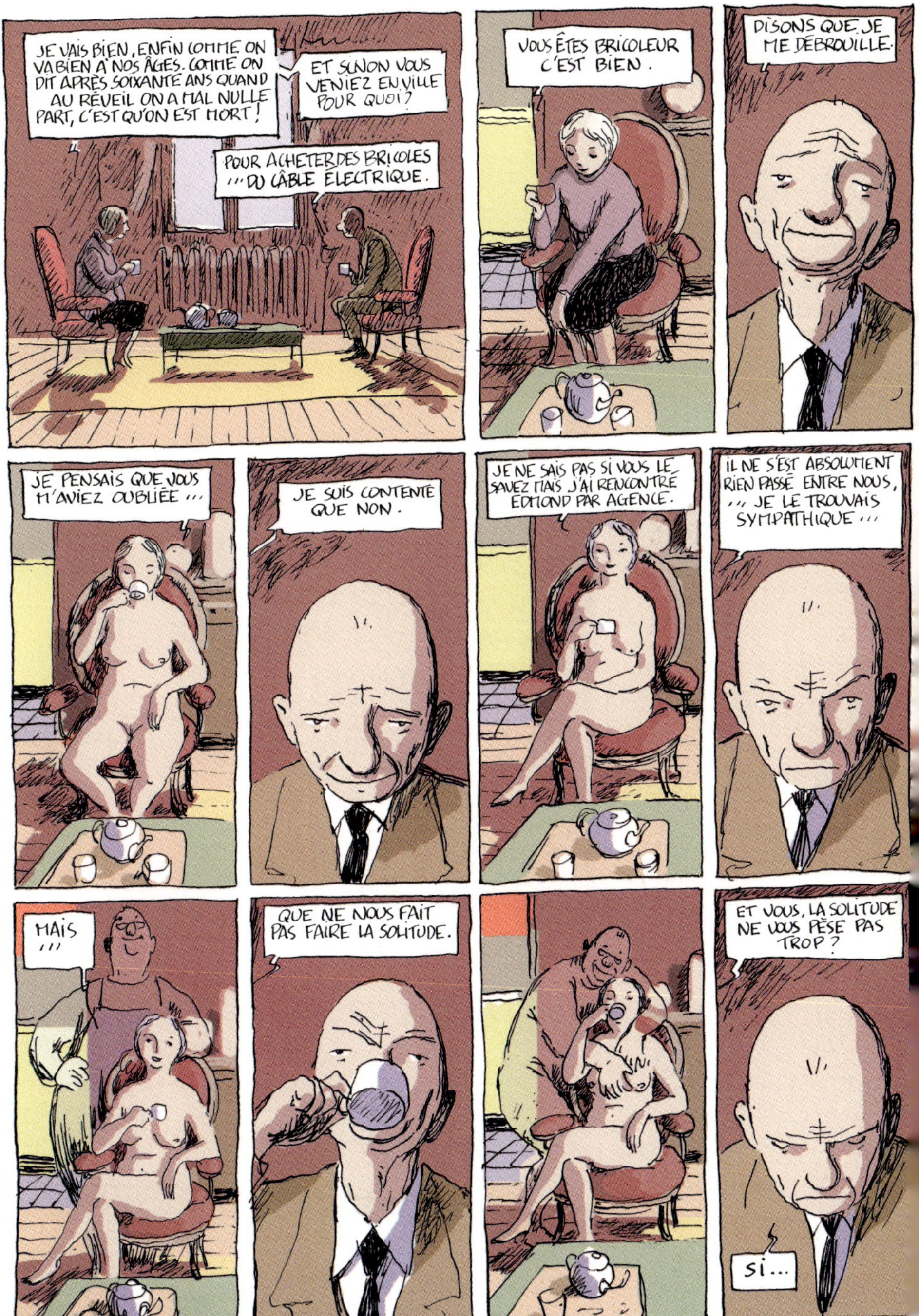
JE VAIS BIEN, ENFIN COMME ON VA BIEN À NOS ÂGES. COMME ON DIT APRÈS SOIXANTE ANS QUAND AU RÉVEIL ON A MAL NULLE PART, C'EST QU'ON EST MORT !
ET SINON VOUS VENIEZ EN VILLE POUR QUOI ?
POUR ACHETER DES BRICOLES ... DU CÂBLE ÉLECTRIQUE.
VOUS ÊTES BRICOLEUR C'EST BIEN.
DISONS QUE JE ME DÉBROUILLE.
JE PENSAIS QUE VOUS M'AVIEZ OUBLIÉE ...
JE SUIS CONTENTE QUE NON.
JE NE SAIS PAS SI VOUS LE SAVEZ MAIS J'AI RENCONTRÉ EDMOND PAR AGENCE.
IL NE S'EST ABSOLUMENT RIEN PASSÉ ENTRE NOUS, ... JE LE TROUVAIS SYMPATHIQUE ...
MAIS ...
QUE NE NOUS FAIT PAS FAIRE LA SOLITUDE.
ET VOUS, LA SOLITUDE NE VOUS PÈSE PAS TROP ?
SI...

JE NE RÉUSSIS MÊME PLUS À ME RAPPELER DE TOI AVANT LA CHIMIO AVEC TES CHEVEUX, SANS ESCARRE, SANS COTON DANS LE NEZ ET SANS PANSEMENT.
POUL ...
J'ARRIVE MA BELLE, JE VIENS TE REJOINDRE...
UNE DERNIÈRE CHOSE À ALLER VOIR ...
ET LA BOUCLE SERA BOUCLÉE.
CLIC

J'AI TOUT...
ENFIN, TOUT CE DONT J'AI BESOIN !
JE N'EN AURAI PLUS BESOIN !
BING

RRR..
BRRRR..
BRRR...

BRRR
BRRR...
BRRR...
BRRR...

J'AI SACRÉMENT BIEN DORMI !
AU JUS LÀ-DEDANS !
BRR....
VJVRRRR
50
Pensez à nos enfants

TIENS, ÇA LEUR FERA PLAISIR.
VOUS RAJOUTEREZ LA CARTE POSTALE.
Y'A PLUS QU'A FAIRE DE L'ESSENCE.
AH TIENS !
BONJOUR MONSIEUR. QU'EST-CE QUE VOUS CONSEILLERIEZ COMME MARQUE DE CIGARETTE POUR QUELQU'UN QUI A ARRÊTÉ DE FUMER IL Y A TRENTE ANS ?
PHA

A LA TIENNE CHÉRIE !
T'INQUIÈTE PAS POUR LE FISTON ...
EN PARTANT JE NE LE LAISSE PAS TOUT NU. J'AI LAISSÉ LE LIVRET DE LA CAISSE D'ÉPARGNE SUR LA TABLE DE LA CUISINE.

TELEZ
QU'EST-CE QU'IL PASSE CE SOIR À LA TÉLÉ ?
DE BIEN IL N'Y A QUE LA SEPTIÈME COMPAGNIE.
ÇA FAISAIT LONGTEMPS.
J'L'AI EN CASSETTE MAIS JE REGARDERAI QUAND MÊME !
C'EST PAS PAREIL EN DIRECT !
MOI JE REGARDE SURTOUT LES ÉMISSIONS LITTÉRAIRES...
FÊTE DE L'ESCARGOT
13.07
ÇA M'ÉVITE DE LIRE.
MOI ILS M'EMMERDENT À PASSER TOUJOURS LES MÊMES TRUCS.
SALUT LES HOMMES !
C'EST POUR QUI LES BELLES FACTURES ?!
TU ME METS UN CAFÉ À SUIVRE
ÇA VA LE GROS ?
ÇA CHÔME ...

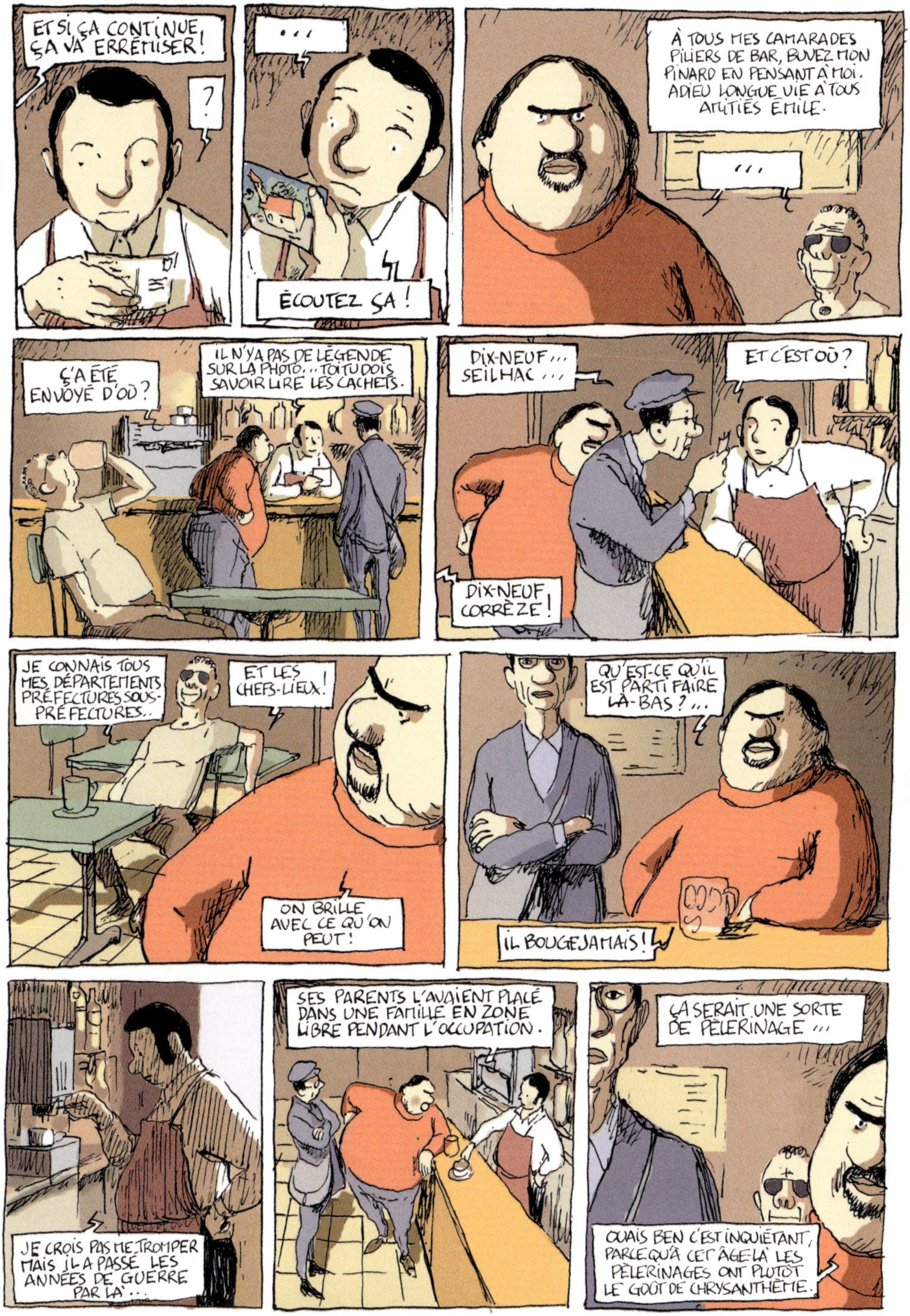
ET SI ÇA CONTINUE ÇA VA ERRÉTHISER !
?
...
ÉCOUTEZ ÇA !
À TOUS MES CAMARADES PILIERS DE BAR, BUVEZ MON PINARD EN PENSANT À MOI. ADIEU LONGUE VIE À TOUS AMITIÉS ÉMILE.
...
ÇA A ÉTÉ ENVOYÉ D'OÙ ?
IL N'Y A PAS DE LÉGENDE SUR LA PHOTO... TOI TU DOIS SAVOIR LIRE LES CACHETS.
DIX-NEUF... SEILHAC...
ET C'EST OÙ ?
DIX-NEUF CORRÈZE !
JE CONNAIS TOUS MES DÉPARTEMENTS PRÉFECTURES SOUS-PRÉFECTURES...
ET LES CHEFS-LIEUX !
ON BRILLE AVEC CE QU'ON PEUT !
QU'EST-CE QU'IL EST PARTI FAIRE LÀ-BAS ?...
IL BOUGE JAMAIS !
JE CROIS PAS ME TROMPER MAIS IL A PASSÉ LES ANNÉES DE GUERRE PAR LÀ...
SES PARENTS L'AVAIENT PLACÉ DANS UNE FAMILLE EN ZONE LIBRE PENDANT L'OCCUPATION.
ÇA SERAIT UNE SORTE DE PÈLERINAGE ...
OUAIS BEN C'EST INQUIÉTANT, PARCE QU'À CET ÂGE-LÀ LES PÈLERINAGES ONT PLUTÔT LE GOÛT DE CHRYSANTHÈME.

CLAC
VVRRRR...
VVRRR
VRRRR.
BEN VOILÀ, AU BOUT DU CHEMIN, MES SOUVENIRS
ET LA FIN DE LA ROUTE.
SOMNIFÈRE

INCROYABLE !...
C'EST COMME DANS MES SOUVENIRS...
RIEN N'A CHANGÉ.
JE RÊVE...
NON ...
JE MEURS ...

JÉSUS ?!
NON. C'EST CHRISTIAN.
ÇA VA ?... TU VEUX QU'ON APPELLE UN MÉDECIN ?
NON ÇA VA ALLER, C'EST JUSTE UN LÉGER MALAISE.
J'AI EU PEUR QUE CE SOIT MOI... LA NUDITÉ CHEZ LES PERSONNES ÂGÉES, DES FOIS...
NON, NON, C'EST PROBABLEMENT QU'UNE BAISSE DE TENSION
TU VAS VENIR BOIRE UN TRUC À LA MAISON, ÇA VA TE REMETTRE !
JE VEUX BIEN, MERCI !
T'ES PAS D'ICI, JE NE T'AI JAMAIS VU ?
NON... MAIS J'AI VÉCU ICI IL Y A LONGTEMPS, TRÈS LONGTEMPS.
J'AI ÉTÉ GAMIN DANS CETTE MAISON...
J'Y AI MES PREMIERS SOUVENIRS...
JE PASSAIS POUR REVOIR LA MAISON...
ENCORE UNE FOIS.
ÇA C'EST FRED !
SALUT !
ÉMILE. BONJOUR !
PASSE LE JOINT !

INCROYABLE, ÇA NON PLUS, ÇA N'A PAS BOUGÉ...
DEPUIS QU'ON EST LÀ ON A TOUCHÉ À RIEN.
DIS TU VAS PAS RETOMBER DANS LES VAPES ?!
NON NON !
ASSIEDS-TOI QUAND MÊME.
UN TRUC CHAUD À BOIRE TE FERA DU BIEN.
LA COMMUNAUTÉ AIME BIEN LE RUSTIQUE...
ET PUIS ON AIME PAS TROP BRICOLER.
ET MERDE, PLUS D'EAU, VA FALLOIR ALLER EN CHERCHER À LA RIVIÈRE !
VOUS N'AVEZ PAS L'EAU COURANTE ?
C'EST COMME L'ÉLECTRICITÉ, ON L'AVAIT !...
'LUT...
BONJOUR.
BONJOUR.
MAIS ON A PAS PAYÉ LA FACTURE.
LE PUITS EST VIDE ALORS ?!
QUEL PUITS ?
CELUI QUI EST DERRIÈRE LA MAISON.

LE NOTAIRE S'EST BIEN GARDÉ DE NOUS SIGNALER L'EXISTENCE DU PUITS.
JETTE UN CAILLOU ON VA ENTENDRE SI Y'A DE L'EAU.
VOUS EN AVEZ DES BAGNOLES ?!
BEN OUI, MAIS ELLES SONT TOUTES EN CARAFE.
SNIF
IL SENT BIZARRE VOTRE TABAC ?!
C'EST PAS DU TABAC, C'EST DE LA BEU.
DE LA BEU ?
DE L'HERBE QUOI !
DE L'HERBE À BOEUFS ?
DU CANNABIS TU VEUX GOÛTER ?
HÉ BEN ÉMILE TU VIENS DE NOUS CHANGER LA VIE.
MERCI BIEN !
TU VIENS DE NOUS ENLEVER UNE ÉPINE DU PIED, PARCEQU'ALLER À LA RIVIÈRE POUR SE COLTER DES BIDONS DE VINGT LITRES À RAMENER C'ÉTAIT PAS DES VACANCES ...
UN NOUVELLE COMME ÇA ÇA S'ARROSE ET ÇA SE FÊTE. CE SOIR ON T'INVITE !
MERCI, MAIS JE NE VAIS PAS VOUS EMBÊTER.
S'IL TE PLAÎT, ÇA NOUS FAIT PLAISIR !
... BON D'ACCORD. MAIS J'EMMÈNE LE VIN !
ÇA ROULE !
J'Y PENSE, DU VIN T'EN TROUVERAS QU'À MERAC, EST-CE QUE DU COUP TU PEUX NOUS EMMENER DANS TA TIRE, ON EN PROFITERA POUR FAIRE DES COURSES, NOS CAISSES SONT EN RADE.
VOUS N'ÊTES PAS AUX PIÈCES PARCEQUE MA VOITURE C'EST PAS UNE FORMULE UN ...
T'INQUIÈTE ON A LA VIE DEVANT NOUS, VIEUX !

TU PEUX ME JURER QUE C'EST PAS TOI QUI A FABRIQUÉ TA BAGNOLE ?
CE GENRE DE VÉHICULE ÇA SE FABRIQUE, ÇA SE VEND ET AUSSI INCROYABLE QUE ÇA PARAISSE !!!
ÇA S'ACHÈTE.
LECLERC
ALLEZ, ON SORT, LE CHIEN !
ON RESPIRE UN GRAND COUP AVANT DE RENTRER DANS LE VENTRE DU MONSTRE ET DE S'IMMERGER DANS LE CONSUMÉRISME.
LERC
OH PUTAIN REGARDEZ !
PUTAIN, LES ÉMISSIONS DE TÉLÉ DE MERDE !
REGARDE LE CON À DROITE !
IL A VÉCU QUE POUR PASSER À LA TÉLÉ !
INCROYABLE, C'EST PIRE QUE PIRE !
C'EST VRAIMENT NUL PUTAIN !!!
LES GENS REGARDENT ÇA, J'Y CROIS PAS !
ILS PAYENT POUR VOIR ÇA
ILS PAYENT POUR ÊTRE ESCLAVES !!!
ON VA FAIRE LES COURSES ?

LE PLUS DUR DANS CES ENDROITS, C'EST DE NE PAS SE LAISSER TENTER PAR TOUT ET N'IMPORTE QUOI...
IL FAUT SE FERMER LES ÉCOUTILLES ET NE REGARDER QUE CE QUI EST ESSENTIEL !
PAR EXEMPLE, LE CAMEMBERT. ÇA C'EST ESSENTIEL !
ET LE VIN ?
C'EST PAS ESSENTIEL MAIS INDISPENSABLE !
DEUX CAISSES ALORS !
CINQUANTE-CINQ EUROS DIX !
ON VA PARTAGER...
NON NON, JE PRENDS TOUT !
ÇA ME FAIT PLAISIR.
MERCI... J'INSISTE PAS, COMME ON EST RAIDES ÇA NOUS ARRANGE !
INCROYABLE PUTAIN...
ON A FINI TU VIENS !
OUAIS, OUAIS
INCROYABLE CE QUE C'EST NUL...
ET LES GENS REGARDENT... PUTAIN

TU PRENDRAS À GAUCHE.
ON VA CHERCHER LE DESSERT
ARRÊTE TOUT ON EST ARRIVÉS
MAIS VOUS ALLEZ VOLER !?
VOLER, C'EST UN GRAND MOT. JEAN BESSON C'EST L'ESCROC DU COIN ...
IL A FAIT DES CRASSES À TOUT LE MONDE À DIX KILOMÈTRES À LA RONDE.
SUR CE COUP LÀ, ON EST PLUTÔT DES ROBIN DES BOIS.
BESSON ... BESSON ... JEAN BESSON ...
ON ÉTAIT À LA COMMUNALE ENSEMBLE ! ...
C'ÉTAIT DÉJÀ UN CON !
ENCORE UN TRUC QU'A PAS CHANGÉ !
JE VAIS VOUS AIDER.
IL N'Y A PAS À DIRE LES FRUITS À LA MARAUDE, Y'A PAS MEILLEUR.
ÇA VA ÉMILE ?
ÇA VA ... ÇA VA MIEUX

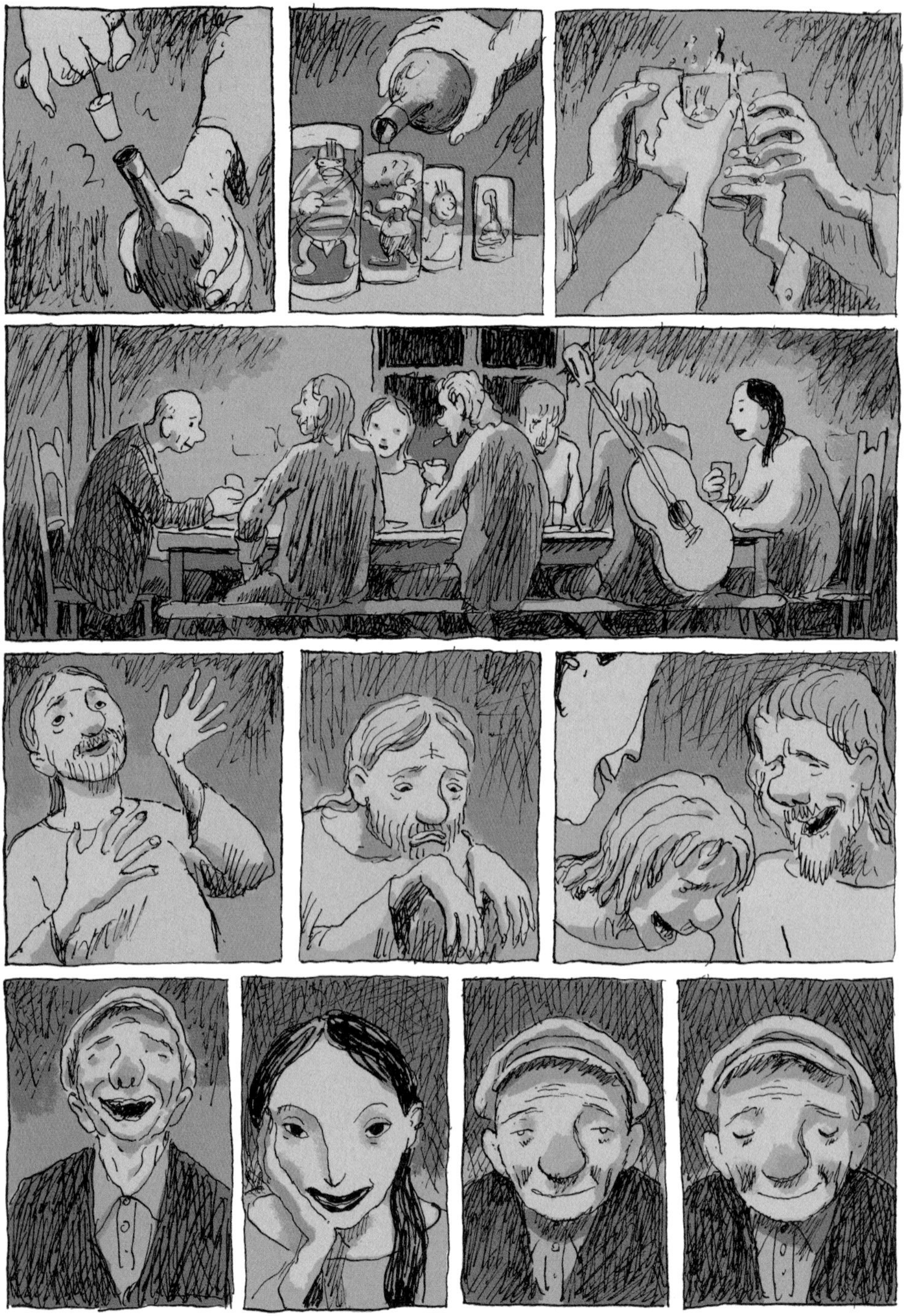

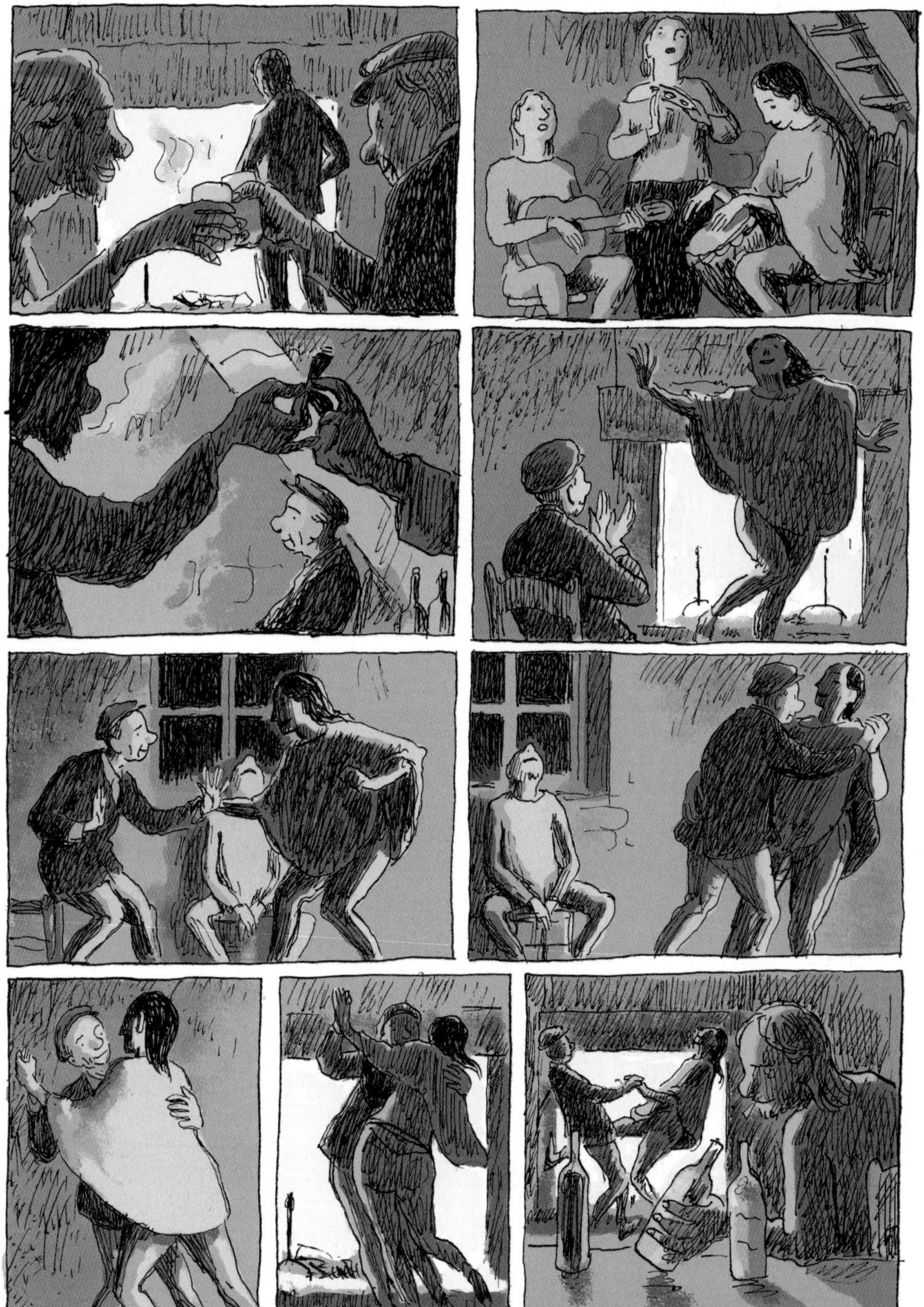

JE M'ÉCROULE, JE VAIS ME COUCHER.
BONNE NUIT TOUT LE MONDE.
BONNE NUIT.
T'ES SÛR QUE TU VEUX PAS GOÛTER UN JOINT?
POURQUOI PAS.
TU VERRAS, ÇA AIDE À DORMIR.
SI EN PLUS ÇA AIDE À DORMIR.

TIENS, ILS SONT DÉJÀ ROULÉS.
MERCI !
FUMER UN JOINT EN REGARDANT LES ÉTOILES, POUR MOI IL N'Y A RIEN DE MIEUX !
DANS LE CIEL, C'EST COMME SUR TERRE, ÇA PASSE, ÇA FILE, ÇA BOUGE ...
ON EST COMME LES ÉTOILES ON A TOUS NOTRE PLACE, IL EN MANQUE UNE ...
ET BEN LE GRAND LAPIN N'EST PLUS LE MÊME !
LA GRANDE OURSE TU VEUX DIRE ?!
PEUT-ÊTRE ...
ON EST BIEN !
BON... IL VA ÊTRE TEMPS DE METTRE LA VIANDE DANS LE TORCHON JE PIQUE DU NEZ.
TU VAS PAS TE COUCHER ?
JE VOUDRAIS BIEN, MAIS JE NE PEUX PAS BOUGER !
ÇA FAIT ÇA DES FOIS LA BEU, VA FALLOIR QUE JE T'AIDE.
JE DIS PAS NON.
C'EST QUAND TU VEUX !

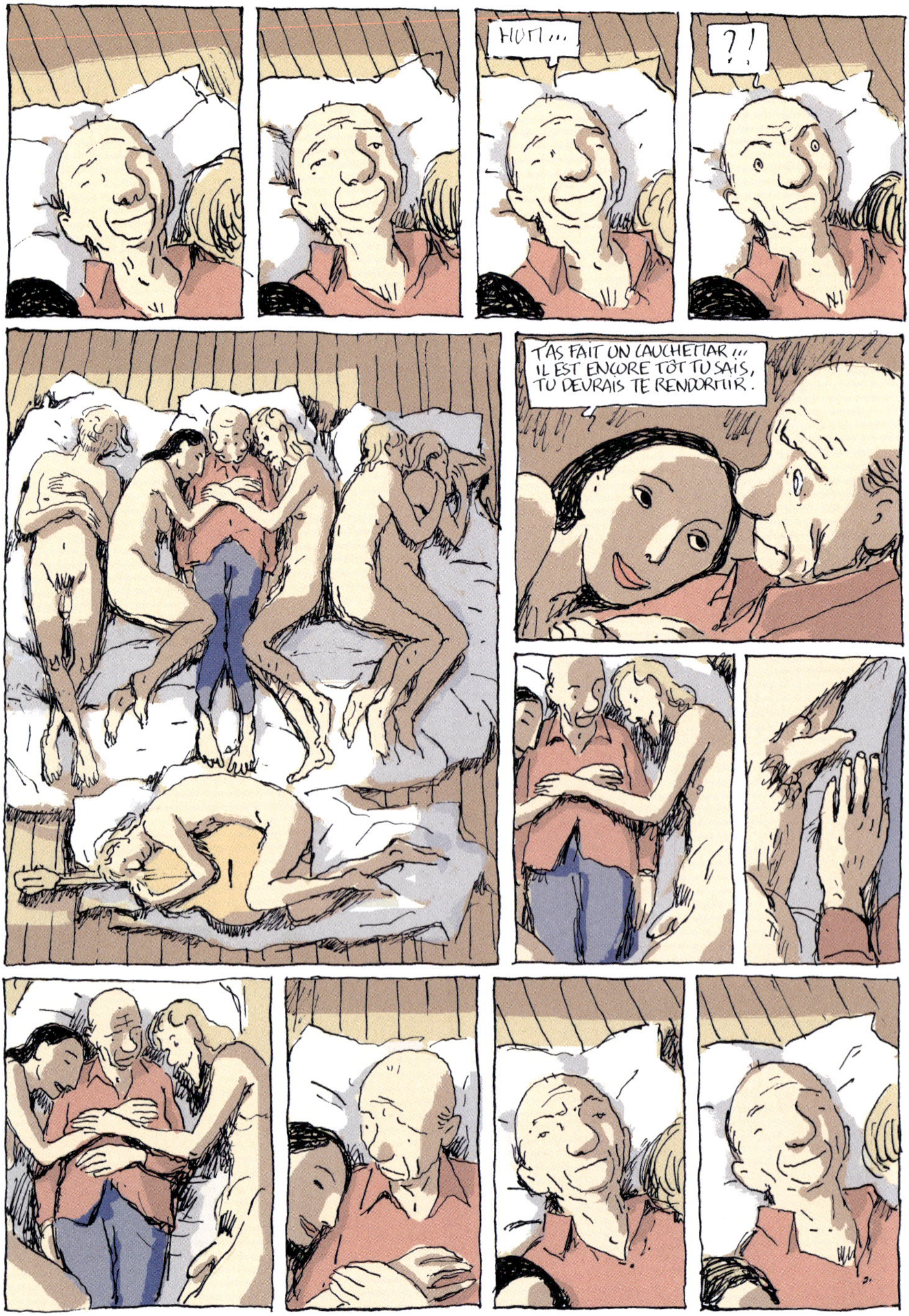
HUM...
?!
T'AS FAIT UN CAUCHEMAR...
IL EST ENCORE TÔT TU SAIS,
TU DEVRAIS TE RENDORMIR.

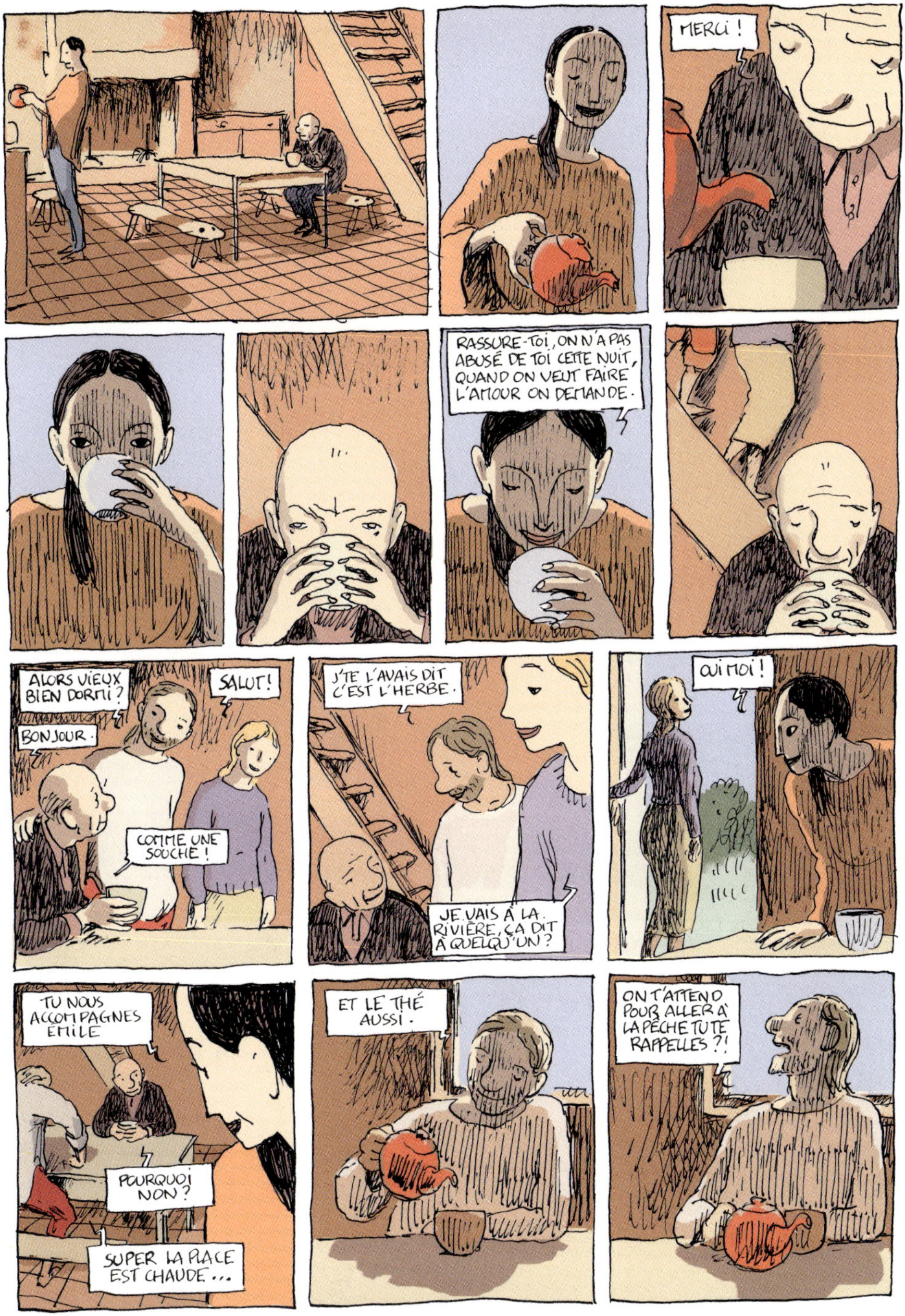
MERCI !
RASSURE-TOI, ON N'A PAS ABUSÉ DE TOI CETTE NUIT, QUAND ON VEUT FAIRE L'AMOUR ON DEMANDE.
ALORS VIEUX BIEN DORMI ?
SALUT !
BONJOUR.
COMME UNE SOUCHE !
J'TE L'AVAIS DIT C'EST L'HERBE.
JE VAIS À LA RIVIÈRE, ÇA DIT À QUELQU'UN ?
OUI MOI !
TU NOUS ACCOMPAGNES EMILE
POURQUOI NON ?
SUPER LA PLACE EST CHAUDE...
ET LE THÉ AUSSI.
ON T'ATTEND POUR ALLER À LA PÊCHE TU TE RAPPELLES ?!

ON EST BIENTÔT ARRIVÉS.
JE SAIS.
JE VENAIS ME BAIGNER ICI GAMIN, IL Y A ...
IL Y A PRESQUE SOIXANTE ANS ...
LE COIN EST RESTÉ SAUVAGE ...
ÇA DONNE PRESQUE ENVIE ...
?!
LE DERNIER À L'EAU A PERDU !
TU VIENS TE BAIGNER.
... JE SAIS PAS ...

LE TOUT C'EST DE RENTRER DEDANS.
TU DEVRAIS VENIR ELLE EST BONNE.
LE TEMPS DE FAIRE UN PETIT TOUR ET J'ARRIVE.
TIENS QUI VOILÀ ?!
ON T'ESPÉRAIT PLUS !
FAUT LEUR LAISSER DU TEMPS AUX VIEUX !

QU'EST-CE QU'IL NE FAUT PAS ENTENDRE !
JE VAIS FAIRE DU BRONZING.
L'EAU FINIT PAR ÊTRE FRAÎCHE
?!
MERDE, JE BANDE !
T'AS MIS DU TEMPS À ENTRER MAIS TU NE VEUX PLUS SORTIR ?
FAIS ATTENTION À NE PAS TE CHOPER UNE CRÈVE !
NON... NON...
HIHIHI, J'AVAIS OUBLIÉ QUE ÇA MARCHAIT ENCORE.

LÀ C'EST UN BON COIN, J'Y VENAIS TOUT JEUNE.
TOUS À VOS ASTICOTS !
FAUT RÉGLER LES LIGNES AVANT.
POUR LE GARDON OU L'ABLETTE FAUT PAS TROP DE FOND. POUR RÉGLER, C'EST PAS COMPLIQUÉ IL SUFFIT DE FAIRE GLISSER LE BOUCHON.
LÀ C'EST BON.
ET LÀ IL N'Y A PLUS QU'À ATTENDRE.

YACOUUU
PUTAIN, J'EN AI UN !
C'EST MON TOUT PREMIER !
SI ÇA CONTINUE COMME ÇA JE RISQUE VITE D'Y PRENDRE GOÛT.
T'AS PAS UNE AUTRE BOÎTE POUR METTRE DES ASTICOTS JE REVIENDRAI PAS À CHAQUE FOIS.
JE CROIS PAS ...
À MOINS QUE ...
SOMNIFÈRE
TANT PIS, JE VAIS EN FOUTRE DANS MA POCHE.
ATTENDS, J'AI CE QU'IL TE FAUT.

GÉNIAL, C'ÉTAIT SUPERBON !
MERCI ÉMILE...
D'ABORD POUR LA PÊCHE ET PUIS POUR NOUS AVOIR MONTRÉ COMMENT FAIRE.
LES INDIENS ONT RAISON, IL FAUT SAVOIR ÉCOUTER LES VIEUX SAGES.
TIENS !
C'EST PAS DE REFUS. JUSTE AVANT D'ALLER ME COUCHER, ÇA ME FERA PAS DE MAL.
J'AI PASSÉ DEUX JOURS ÉPATANTS...
ET JE VOUS EN REMERCIE, MAIS JE DOIS VOUS LAISSER. JE PARS DEMAIN MATIN, JE DOIS RENTRER.
DÉJÀ... AU BOUT DE DEUX JOURS
JE SUIS PARTI DE CHEZ MOI APRÈS AVOIR COMMENCÉ QUELQUE CHOSE...
ET JE DOIS RENTRER POUR LA FINIR !
RIEN N'EST ASSEZ IMPORTANT POUR PARTIR AUSSI VITE.
SI...
UNE DÉCLARATION D'AMOUR.

ALORS LÀ RIEN À DIRE !
MAIS TU DEVRAIS DÉJÀ ÊTRE SUR LA ROUTE, VIEUX !
RESPECT !
JE PEUX DORMIR DANS LE CAMPING CAR ... COMME JE PARS TÔT, ÇA M'ÉVITERA DE VOUS RÉVEILLER ...
PAS DE PROBLÈME.
BONNE NUIT
SALUT
ATTENDS ÉMILE !
ON VOULAIT TE FAIRE UN CADEAU AVANT QUE TU PARTES.
ON T'A FAIT UN SACHET D'HERBE ET UN SACHET DE GRAINES.
FAUT DU SOLEIL, C'EST PAS COMPLIQUÉ COMME CULTURE !
MERCI.
PEUT-ÊTRE À UN DE CES QUATRE !
SAIT-ON JAMAIS...
BONJOUR LUCIE. JE VOUS AIME !
CLIC
VOUS AUSSI ! ÇA TOMBE BIEN.
ON POURRAIT PEUT-ÊTRE COUCHER ENSEMBLE ...
HISTOIRE DE MARQUER LE COUP ?!
NE PERDONS PAS DE TEMPS À CHERCHER UNE MEULE DE FOIN ...
CONTENTONS-NOUS DE VOTRE LIT !

JE SUIS ENCORE VERT ... JE SAIS, C'EST UN DON DE LA NATURE.
ALLEZ DODO !
?
J'AI ENVIE DE TOI !
JE SUIS VIEUX ...
JE NE SUIS PAS SI JEUNE.
JE POURRAIS ÊTRE TON PÈRE ...
TU NE L'ES PAS !
J'AI QUELQU'UN...
TU PARS DEMAIN, APRÈS IL SERA TROP TARD !
JE NE TE PLAIS PAS ? ...
OH SI ... OH SI ...
ALORS ?!
LAISSE ALLUMÉ ÉMILE, JE VEUX QUE L'ON SE VOIE FAIRE L'AMOUR !

TU NE VAS PAS PARTIR SANS M'EMBRASSER ?!
NON !
JE CROYAIS QUE TU DORMAIS ENCORE.
PRENDS SOIN DE TOI.
TOI AUSSI !
ADIEU !

NOUS PARTIONS DANS * UN BEAU SOUS-MARIN VERT ...
UN SOUS-MARIN VERT VERT COMME LA MER ...
TANTÔT VERT, TANTÔT BLEU TANTÔT VERT ET BLEU TANTÔT VERT ET BLEU ...
COMME NOS RÊVES BLEUS ... ?!

À PART QUELQUES ECCHYMOSES ET CETTE ENTORSE, IL N'Y A RIEN DE GRAVE...
MAIS COMME VOUS AVEZ PERDU CONNAISSANCE PENDANT PLUS D'UNE HEURE...
ON VA VOUS GARDER EN OBSERVATION.
D'ICI QUATRE JOURS TOUT AU PLUS VOUS POURREZ RENTRER CHEZ VOUS ... VOILÀ
UNE PERSONNE ATTEND POUR VOUS VOIR, JE PEUX LA FAIRE ENTRER?
OUI
QUELQU'UN?
DÉJÀ!?
BONJOUR, JE M'APPELLE LYSE VALLÉ, JE PEUX ENTRER?!
OUI! BONJOUR.
ÇA VA, VOUS NE SOUFFREZ PAS TROP?
NON PAS TROP.
VOUS AVEZ UNE BELLE VUE, C'EST DÉJÀ ÇA...
JE N'AI PAS L'HABITUDE DE TOURNER AUTOUR DU POT, DONC JE VAIS ENTRER DANS LE VIF DU SUJET!

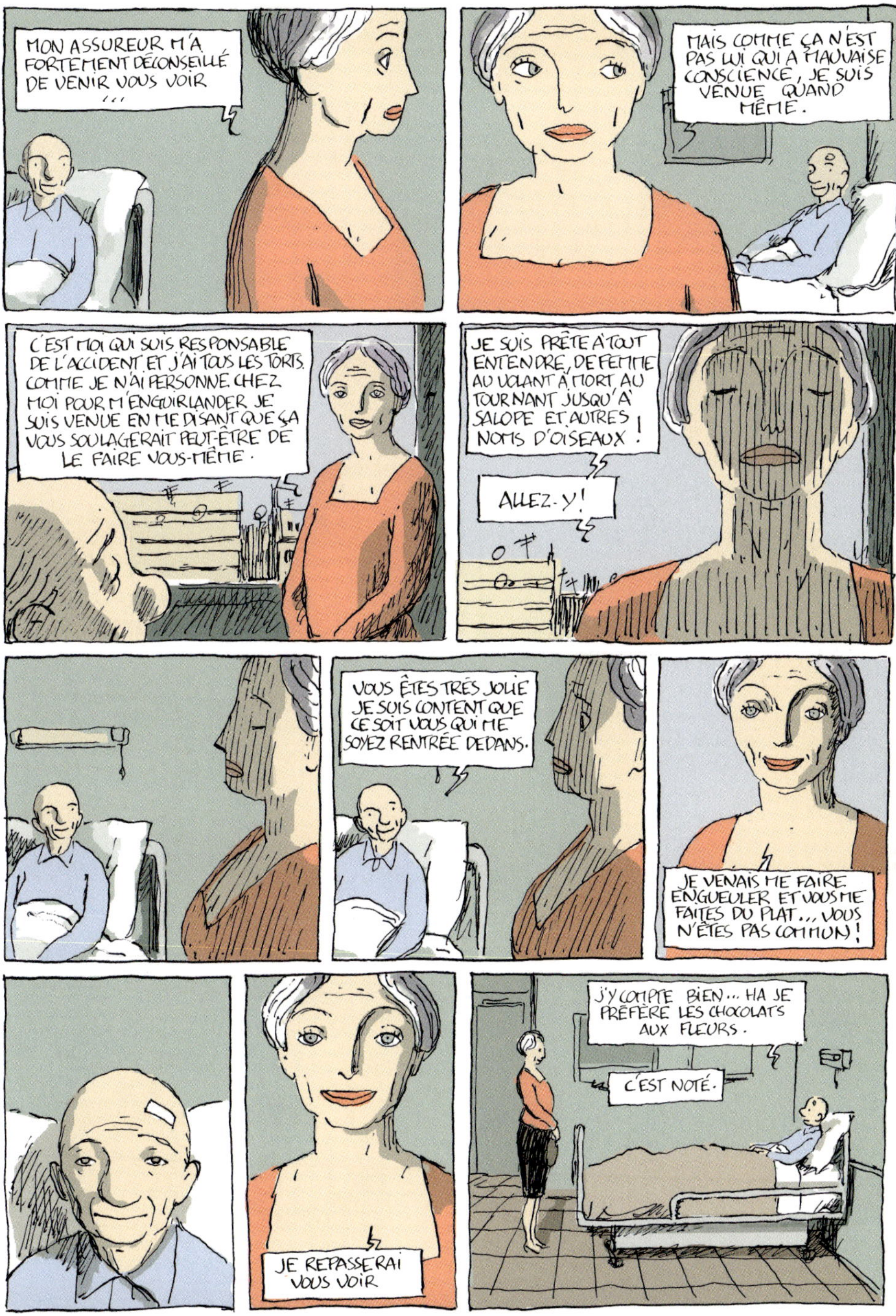
MON ASSUREUR M'A FORTEMENT DÉCONSEILLÉ DE VENIR VOUS VOIR ...
MAIS COMME ÇA N'EST PAS LUI QUI A MAUVAISE CONSCIENCE, JE SUIS VENUE QUAND MÊME.
C'EST MOI QUI SUIS RESPONSABLE DE L'ACCIDENT ET J'AI TOUS LES TORTS. COMME JE N'AI PERSONNE CHEZ MOI POUR M'ENGUIRLANDER JE SUIS VENUE EN ME DISANT QUE ÇA VOUS SOULAGERAIT PEUT-ÊTRE DE LE FAIRE VOUS-MÊME.
JE SUIS PRÊTE À TOUT ENTENDRE, DE FEMME AU VOLANT À MORT AU TOURNANT JUSQU'À SALOPE ET AUTRES NOMS D'OISEAUX !
ALLEZ-Y !
VOUS ÊTES TRÈS JOLIE JE SUIS CONTENT QUE CE SOIT VOUS QUI ME SOYEZ RENTRÉE DEDANS.
JE VENAIS ME FAIRE ENGUEULER ET VOUS ME FAITES DU PLAT..., VOUS N'ÊTES PAS COMMUN !
JE REPASSERAI VOUS VOIR
J'Y COMPTE BIEN... HA JE PRÉFÈRE LES CHOCOLATS AUX FLEURS.
C'EST NOTÉ.

NE FORCE PAS TROP SUR TA CHEVILLE.
IL N'EST PAS MAL LE PARC DE L'HOSTO.
TIENS JUSTEMENT UN BANC QUI TOMBE À PIC
COMME ON NE PEUT PAS FUMER DEDANS, JE VAIS FUMER DEHORS !
J'AI À TE PARLER.
JE T'ÉCOUTE.
... J'AI BEAUCOUP D'ATTACHEMENT POUR TOI ÉMILE, T'ES GENTIL PRÉVENANT...
MAIS VOILÀ, LES PAPYS À CHAT, LES PANTOUFLES ET LES SOIRÉES TÉLÉ, C'EST PAS MON TRUC !
EXCUSE MA FRANCHISE.
ÇA TE DIRAIT UN PETIT JOINT ?
JE NE VOULAIS PAS LE CROIRE QUAND DES PENSIONNAIRES SONT VENUS ME DIRE QU'ON FUMAIT DE LA DROGUE DANS LE PARC.
ON NE VA PAS APPELER LA POLICE MAIS VOUS POUVEZ ÊTRE SÛRS QUE DES MESURES SERONT PRISES !
À VOS ÂGES, QUELLE HONTE !

À SOIXANTE-DIX ANS PASSÉS SE FAIRE METTRE À LA PORTE D'UN HÔPITAL POUR AVOIR FUMÉ DES PÉTARDS...
IL N'Y A PAS À DIRE TU ES UNIQUE ÉMILE.
CECI ÉTANT DIT...
JE ME DEMANDE JUSQU'À QUAND TU NE L'AS PAS FAIT EXPRÈS ?
ATTENTION UN CROISEMENT, JE N'AIMERAIS PAS QUE TU RENTRES DANS QUELQU'UN D'AUTRE QUE MOI.
ÇA C'EST MESQUIN ÉMILE !
JE NE SORS QUE TON SAC, MAIS JE LAISSE TES CANNES DANS LE COFFRE.
C'EST MIGNON CHEZ TOI LE JARDIN EST PLUS PETIT QUE CELUI DE L'HÔPITAL MAIS JE PRÉFÈRE.
T'AS FAIM ?
OUI !
JE METS TES AFFAIRES DANS LA CHAMBRE D'AMI ET JE M'Y METS.
JE TE PRÉVIENS C'EST DE LA CONSERVE OU DES RESTES.

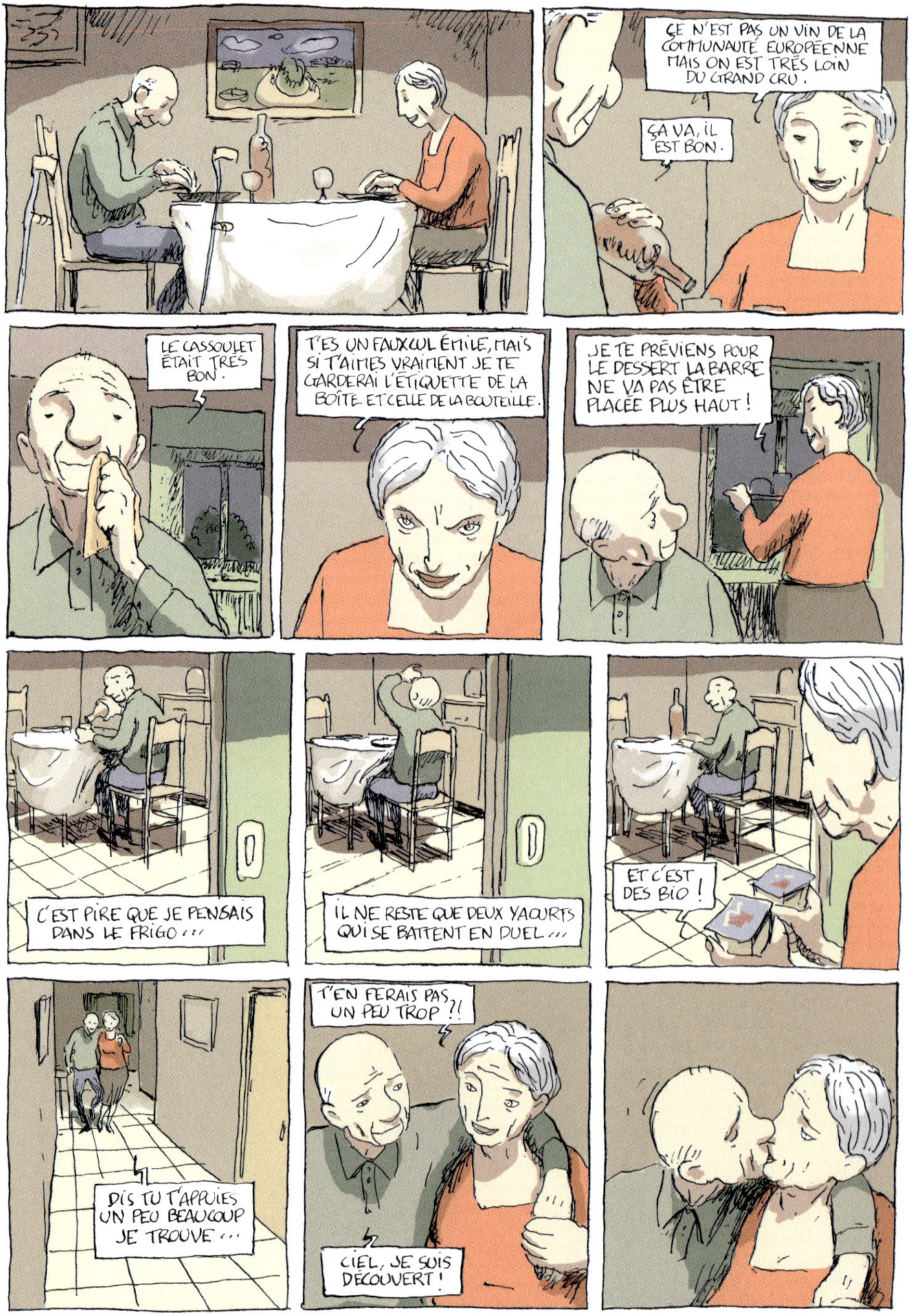
ÇA VA, IL EST BON.
ÇE N'EST PAS UN VIN DE LA COMMUNAUTÉ EUROPÉENNE MAIS ON EST TRÈS LOIN DU GRAND CRU.
LE CASSOULET ÉTAIT TRÈS BON.
T'ES UN FAUX-CUL ÉMILE, MAIS SI T'AIMES VRAIMENT JE TE GARDERAI L'ÉTIQUETTE DE LA BOÎTE ET CELLE DE LA BOUTEILLE.
JE TE PRÉVIENS POUR LE DESSERT LA BARRE NE VA PAS ÊTRE PLACÉE PLUS HAUT !
C'EST PIRE QUE JE PENSAIS DANS LE FRIGO...
IL NE RESTE QUE DEUX YAOURTS QUI SE BATTENT EN DUEL...
ET C'EST DES BIO !
DIS TU T'APPUIES UN PEU BEAUCOUP JE TROUVE...
T'EN FERAIS PAS UN PEU TROP ?!
CIEL, JE SUIS DÉCOUVERT !

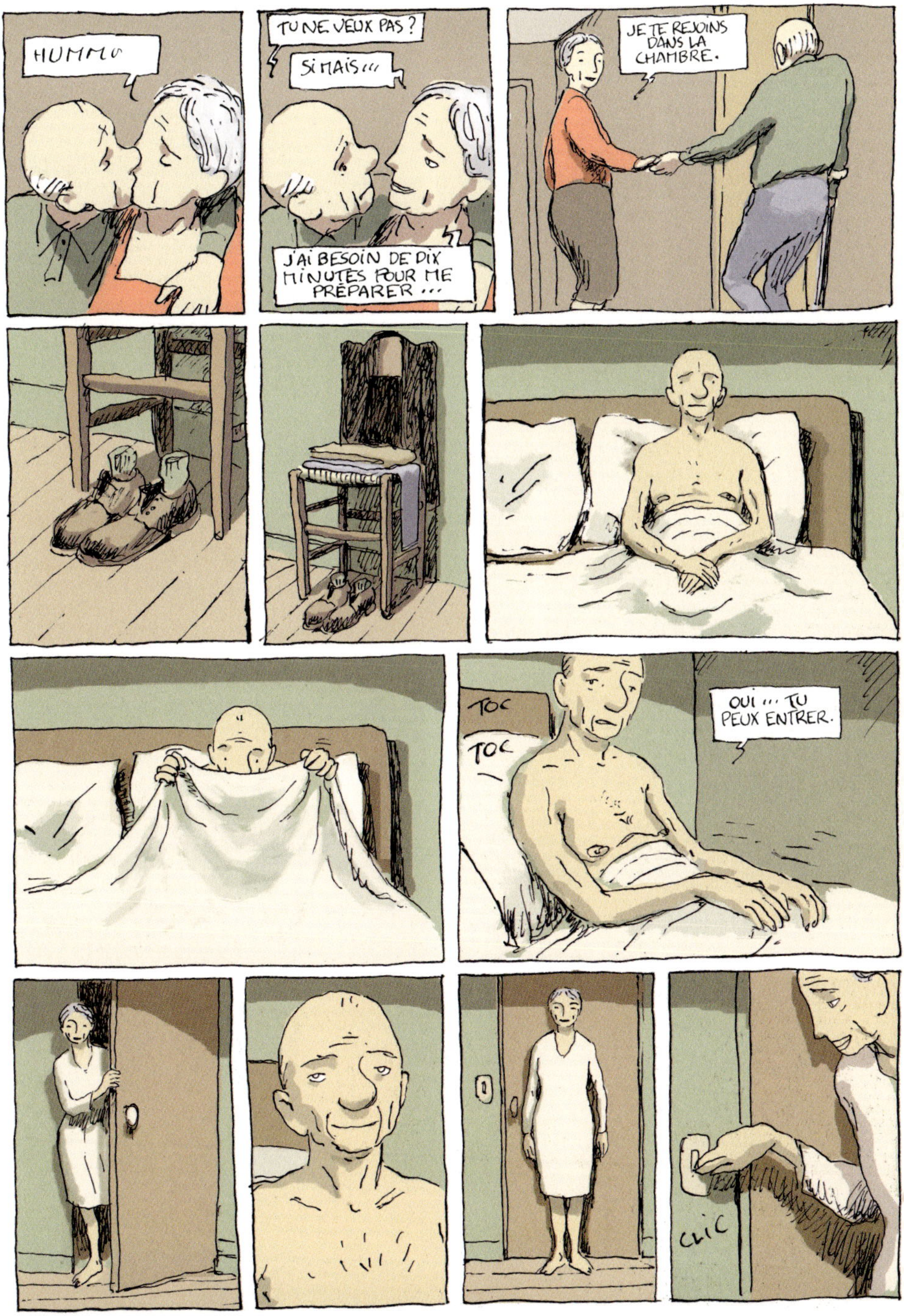
HUMMM
TU NE VEUX PAS ?
SI MAIS...
J'AI BESOIN DE DIX MINUTES POUR ME PRÉPARER...
JE TE REJOINS DANS LA CHAMBRE.
TOC
TOC
OUI... TU PEUX ENTRER.
CLIC

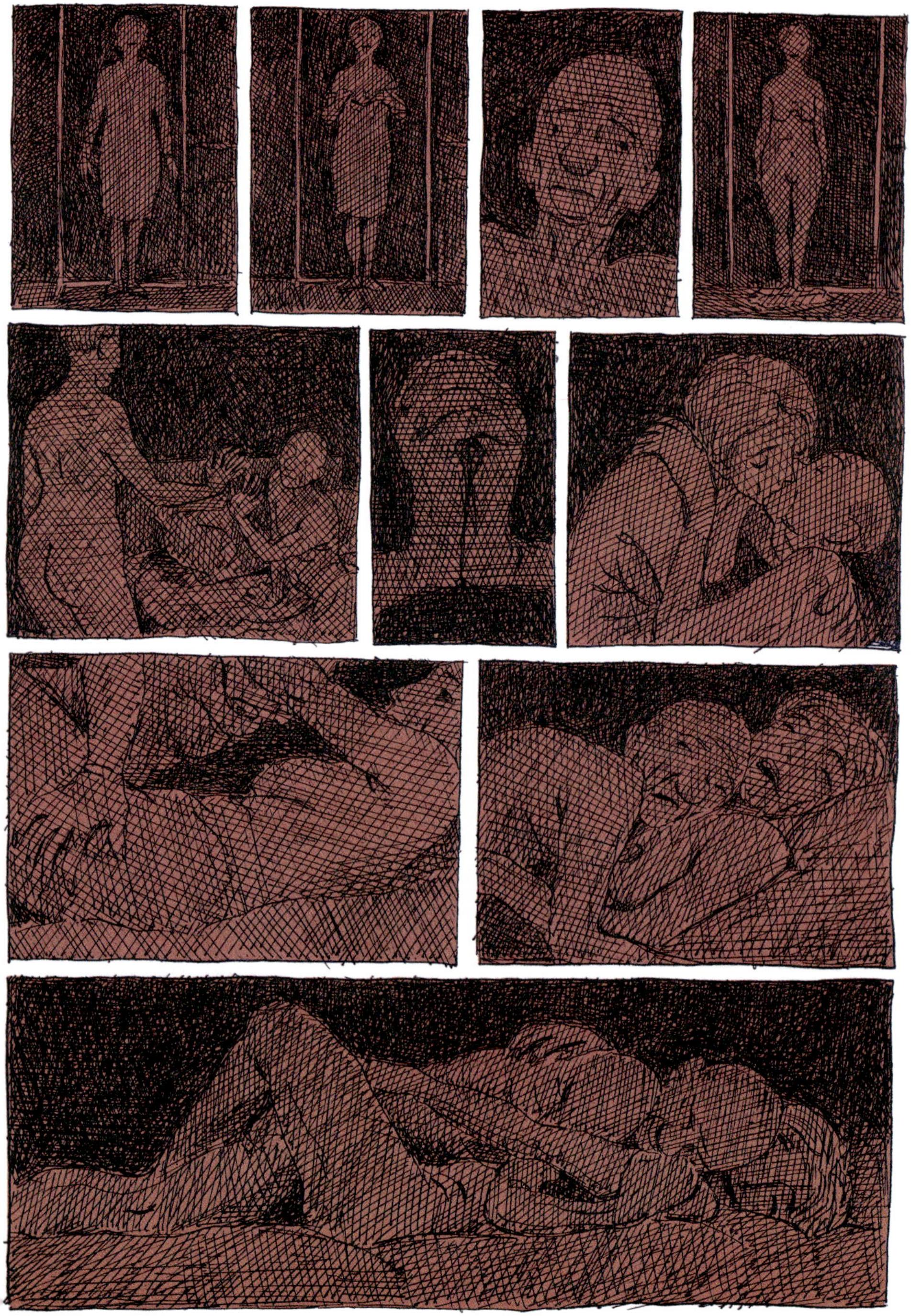

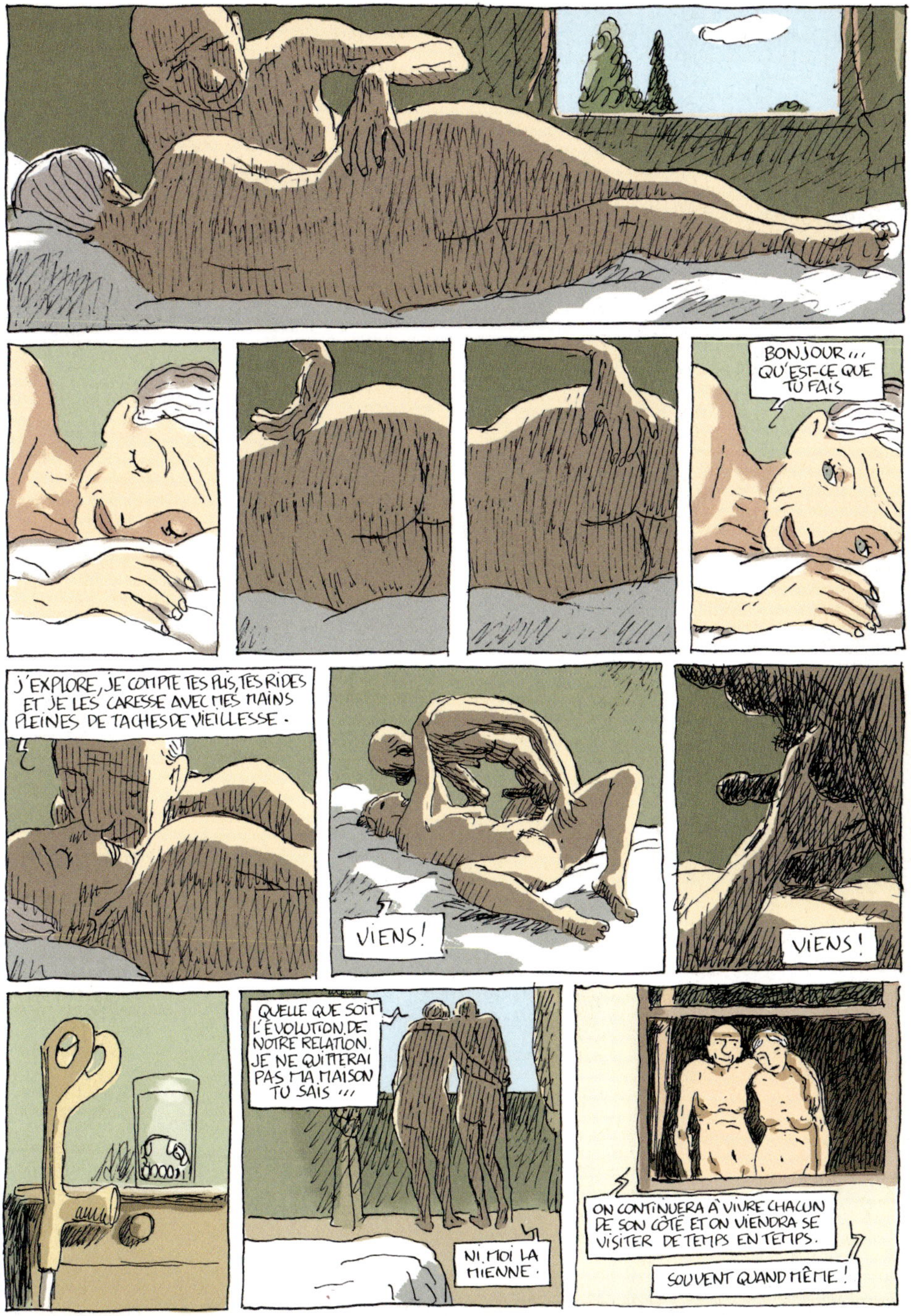
BONJOUR... QU'EST-CE QUE TU FAIS
J'EXPLORE, JE COMPTE TES PLIS, TES RIDES ET JE LES CARESSE AVEC MES MAINS PLEINES DE TACHES DE VIEILLESSE.
VIENS!
VIENS!
QUELLE QUE SOIT L'ÉVOLUTION DE NOTRE RELATION. JE NE QUITTERAI PAS MA MAISON TU SAIS...
NI MOI LA MIENNE.
ON CONTINUERA À VIVRE CHACUN DE SON CÔTÉ ET ON VIENDRA SE VISITER DE TEMPS EN TEMPS.
SOUVENT QUAND MÊME!

LES V'LÀ !
MAGINE-TOI LA RONDELLE ON VA LES RATER !
VOILÀ, VOILÀ, Y'A LE FEU AU LAC !
ATTENTION...
UN...
DEUX...
TROIS !
HA C'EST MALIN !!
ON FAIT COMME AU TOUR DE FRANCE, COMME AU TOUR !
HA HA HA HA HA
C'EST LA MAISON QUI OFFRE. ... VOUS AVEZ GAGNÉ ÇA !
N'EMPÊCHE C'EST PAS MALIN !
DIS ÇA VA ÊTRE L'HEURE D'ALLER À LA GARE.
ON Y VA LE VIEUX.
GARDEZ LE PASTIS AU FRAIS JE REVIENS
EN VOITURE SIMONE
CLAC
CLAC
T'ES PRÊT ?
FAIS HURLER LES CHEVAUX !

MAIS OUI, T'ES BEAU !
POUT POUT
RRR..
?!
QU'EST-CE QU'ELLE ME FAIT ?
MERDE ON EST À SEC ! PATRICK N'A PAS REFAIT LE PLEIN !
OH NON NON PAS AUJOURD'HUI
DÉSOLÉ.
... JE VAIS APPELER AU CAFÉ.
C'EST PAS VRAI ÇA NE PASSE PAS !
IL Y A BIEN UNE ANTENNE PAR ICI ?!
SAUVÉS ! LA VOILÀ LA SOLUTION.

VOILÀ VOILÀ !
HOU... ÇA DÉCOIFFE !
QUELLE FOUGUE !
JE T'AI MANQUÉ
UN SOUPÇON... UNE PAILLE...
ET TA JAMBE ?
COMME NEUVE, AVEC UN PLUS ...
ELLE FAIT BAROMÈTRE À PRÉSENT. DÈS QU'IL VA PLEUVOIR ET BEN J'AI DES RHUMATISMES.
BONJOUR.
BONJOUR.
EN VENANT TE CHERCHER ON A EU UN PETIT PROBLÈME...

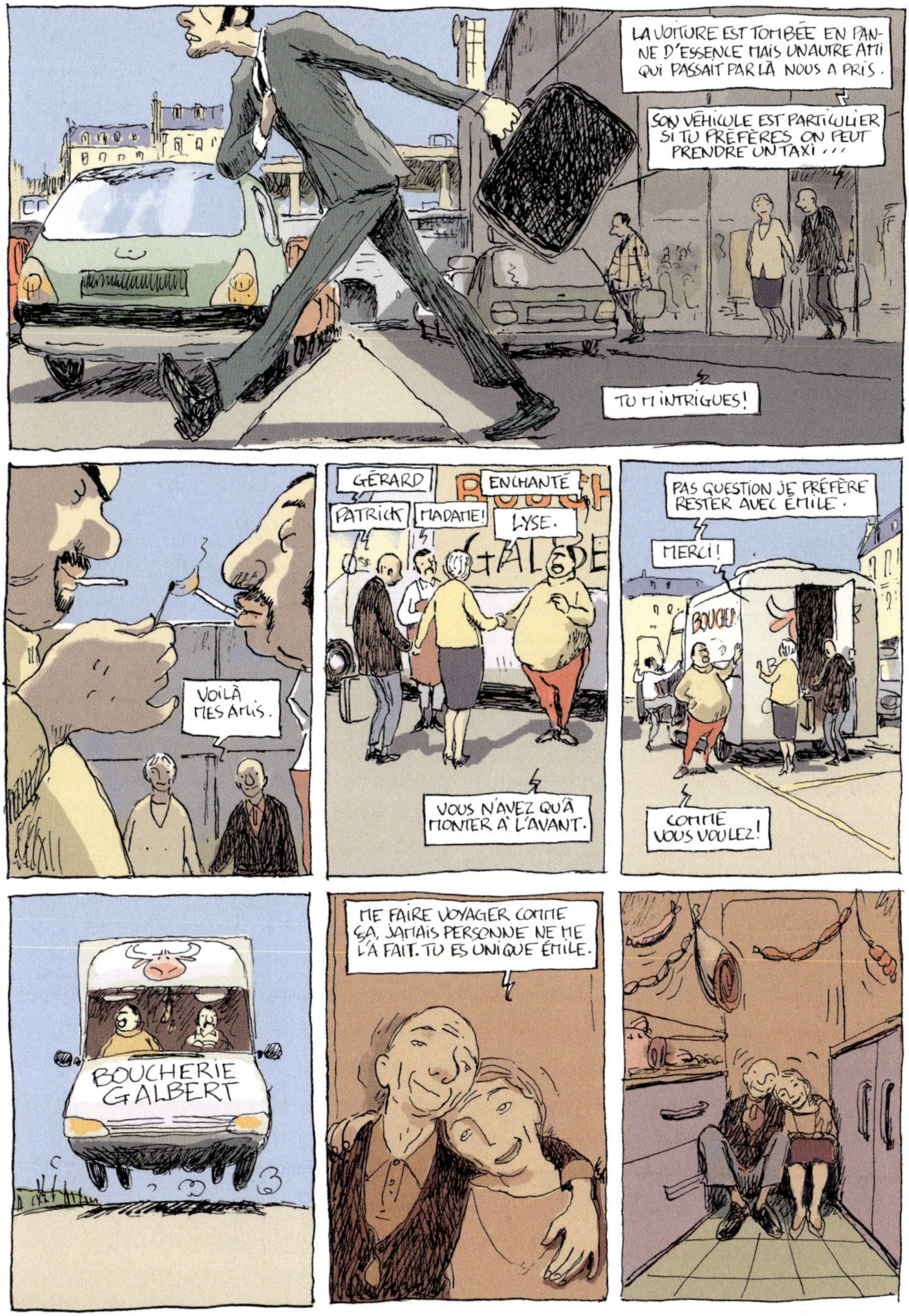

LA VOITURE EST TOMBÉE EN PANNE D'ESSENCE MAIS UN AUTRE AMI QUI PASSAIT PAR LÀ NOUS A PRIS.
SON VÉHICULE EST PARTICULIER SI TU PRÉFÈRES ON PEUT PRENDRE UN TAXI...
TU M'INTRIGUES!
VOILÀ MES AMIS.
GÉRARD
ENCHANTÉ
PATRICK
MADAME!
LYSE.
VOUS N'AVEZ QU'À MONTER À L'AVANT.
PAS QUESTION JE PRÉFÈRE RESTER AVEC ÉMILE.
MERCI!
COMME VOUS VOULEZ!
BOUCHERIE GALBERT
ME FAIRE VOYAGER COMME ÇA, JAMAIS PERSONNE NE ME L'A FAIT. TU ES UNIQUE ÉMILE.

ÇA TIENT TOUJOURS LE PARI ?!
OUI OUI
QUATRE POISSONS, C'EST PEUT-ÊTRE BEAUCOUP NON ?
TROIS ALORS !
JE RÉCAPITULE : LE PREMIER QUI A ATTRAPÉ TROIS POISSONS PEUT DEMANDER CE QU'IL VEUT À L'AUTRE SEXUELLEMENT PARLANT !
...
LE PREMIER ARRIVÉ À DEUX.

DU MÊME AUTEUR

Aux Éditions Futuropolis

EXODE

VACANCES, VACANCES

LES AMANTS DE LUCIE

LES PETITS RUISSEAUX
Grand Prix de la critique ACBD, Grand Prix du festival Quai des Bulles, Mention spéciale du prix des Libraires, prix Bédélys, Grand Prix des lycéens de Colomiers (Folio n° 5330)

LA MARIE EN PLASTIQUE
en deux volumes et en version intégrale, avec David Prudhomme, prix Essentiel à Angoulême

LE JOUR OÙ...
collectif

LE PETIT RIEN TOUT NEUF AVEC UN VENTRE JAUNE

BIEN DES CHOSES
avec François Morel

JUSQU'À SAKHALINE
d'après un récit d'Anton Tchékhov, avec Jean-Hugues Berrou

RUPESTRES !
collectif

Aux Éditions Gallimard Jeunesse

HARRY EST FOU
d'après le roman de Dick King-Smith

DAN MARTIN
avec Lorris Murail, trois volumes

Aux Éditions Vents d'Ouest

LES BISTROTS

TARTINES DE COURANTS D'AIR
avec Bibeur-Lu

EX-VOTO
avec Zamparutti

LES PIEDS DEDANS
en trois volumes

UN VER DANS LE FRUIT

IBICUS
en quatre volumes et en version intégrale, prix Canal BD des libraires de bandes dessinées, Alph-Art du meilleur album à Angoulême

Chez d'autres éditeurs

SIGNÉ RAOUL
Éditions Rackham

LES CERISIERS
L'Association

Impression Jean Lamour
à Maxéville, le 8 octobre 2011
Dépôt légal : octobre 2011

ISBN 978-2-07-044496-0/Imprimé en France.

233114